THE SHOW MUST GO ON!

Shine Your Light!

빛을 그리는 **그림자**

99 STORIES WITH RYU

by Martin E. Kim

일러두기

• 이 책은 저자와의 인터뷰와 저자의 일기를 바탕으로 구성했고 이후 저자의 수정 및 보완을 거쳤습니다.

• 저자 인터뷰 전 질문지를 만드는 데 도움을 주신 '파울볼'과 'MLB PARK' 사이트의 야구팬 여러분들께 깊은 감사를 드립니다.

빛을 그리는 그림자

류현진의 MLB 정복기 그리고 류현진의 그림자,
마틴 김과의 99가지 이야기

마틴 김 지음

류현진과 함께한
기적의 시간을 기록하다

저는 작가도 아니고 책을 낼 만한 자격을 갖춘 사람도 아닙니다. 단지 많은 사람들이 궁금해하는 일들을 경험하는 행운이 주어졌을 뿐입니다. 그래서 제가 경험하고 느꼈던 것들을 사진과 글을 통해 나누고 싶었습니다. 이 책을 읽는 여러분이 미소 짓기도 하고 웃기도 하고 전에 몰랐던 것들을 알게 되면서 새로운 영감을 얻기를 소망합니다.

만약 몇 년 전에 누군가가 저에게 이렇게 말했다면, 제가 한국이 낳은 슈퍼스타 투수의 통역을 맡아 LA 다저스 경기를 지켜본 경험에 대해 2013년 연말에 책을 쓸 것이라고 말했다면, 저는 아마 웃기는 소리라고 했을 것입니다. 이처럼 인생을 살다보면 놀라운 일들과 기회가 실로 다양한 모습으로 우리 앞에 모습을 드러내기도 합니다. 그런 의미에서 이 책은 많은 사람들에게 용기를 북돋아주는 이야기입니다.

제가 이 자리까지 올 수 있도록 저에게 많은 도움을 주신 분들에게 이 책을 바치고 싶습니다. 가족, 친구, 그리고 동료들, 여러분이 오늘의 저를 만들어주었습니다.
이야기들을 모으는 데 많은 도움을 주신 모든 기자, 사진작가, 그리고 휴먼큐브 출판사 관계자 분들, 이 책은 여러분 덕분입니다. 아낌없는 격려와 후원에 감사드립니다. 그리고 누구보다 한국의 괴물투수 류현진, 넌 정말 독보적인 존재야. 대한민국 국민 모두가 기쁨을 누리는 그날까지 계속해서 네 재능을 보여주렴. 올해는 단지 시작에 불과했으니.

제 이름은 Martin E. Kim입니다.
지금부터 류현진과의 99가지 이야기들을 들려드리고자 합니다.

"Shine your light! 그대의 빛을 비춰주세요!"

2013년 11월, LA에서
Martin E. Kim

CONTENTS

Part 2. 마틴 김 Story

나, 마틴 김

나는 아르헨티나에서 태어났다.
나는 미국 국적을 갖고 있다.

그러나

나는
한국인이다.

나는 지금 LA 다저스에서 일하고 있다.

장소만 다를 뿐 어차피 나의 공을 믿고 던진다.

첫 만남

LA 다저스 구단은 오래전부터 류현진 선수에게 관심을 갖고 있었습니다. 류현진 선수의 고등학교 시절부터요. 스카우팅 리포트도 꽤 두꺼웠죠. 현진이가 작년 포스팅에 나오기 전부터 제게 주어졌던 임무가 류현진 선수에 대한 모든 뉴스를 번역해서 단장 및 사장, 구단 관계자에게 보고하는 것이었습니다.

류현진 선수를 처음 만난 것은 LA 다저스의 포스팅이 확정된 때였습니다. 입찰 경쟁에서 승리한 후 해당 선수와 계약을 할 수 있는 30일의 시간이 LA 다저스에 주어졌지요. 계약을 하기 위해 류현진 선수가 미국으로 왔고, 첫 만남은 비즈니스 미팅이었습니다. 미팅은 극비리에 이루어졌습니다. 미팅 참석자는 LA 다저스 측에서는 단장과 변호사였고, 상대방은 스캇 보라스와 류현진 선수, 에이전트들이었습니다. 언론에서 이 만남을 알게 되면 바로 기사화될 것이 분명했기 때문에 문을 열지 않은 식당에서 아침 일찍 만났던 것으로 기억합니다.

스캇 보라스 측 에이전트 중 제가 잘 아는 형님이 있어서, 미팅 30분 전에 류현진 선수를 처음 만났습니다. 당시 류현진 선수도 LA 다저스 구단에 한국계 직원이 있다는 이야기를 들어서 저를 알고 있는 상황이었습니다. 마틴 김이라는 사람이 있어 LA 다저스와의 계약이 더 쉬워질 수 있다는 말도 들었기에, 미팅 전에 비밀리에 인사를 서로 나눴습니다.

류현진 선수의 첫인상을 말하자면, 굉장히 개구쟁이처럼 생겼잖아요. 외모도 그렇지만 제가 계속해서 류현진 선수의 데이터를 수집했기 때문에 성격이나 스타일을 잘 알고 있었습니다. 특히 현진이가 한국 예능 프로그램에 출현했던 것이 기억에 남아서 '아, 이 친구 굉장히 재미있는 사람이구나'라는 인상이 강했습니다. 어려운 사람은 아니구나, 쉽게 친해질 수 있겠구나, 라는 생각이 들었습니다. 굉장히 딱딱한 미팅 자리였음에도 자주 웃는 모습이 인상적이었습니다. 그리고 류현진 선수가 말이 없었던 것이 기억에 남네요. 그 자리의 주인공은 류현진 선수였는데도요. LA 다저스 측의 질문에도 짧게 단답형으로 대답하곤 했죠.

그 자리에 저는 구단 단장의 통역 자격으로 들어갔는데, 첫 미팅은 보라스 측 사람들과 서로의 입장을 비교해가면서 조율하는 자리였습니다. 그때의 딱딱할 수밖에 없던 분위기가 이제 모두 다 친해지고 나니 재미있는 기억으로 남아 있습니다.

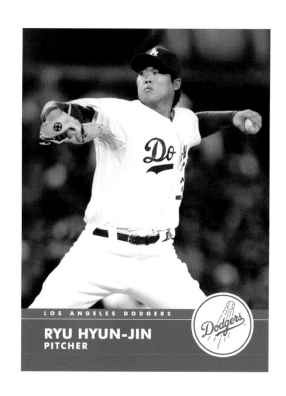

다저스와의 계약 뒷이야기

그렇게 첫 미팅이 이루어졌고, LA 다저스는 2012년 12월 10일까지 류현진 선수와 계약을 해야 했습니다. 메이저리그의 포스팅 시스템은 구단에 유리한 제도입니다. 만약 구단에서 말도 안 되는 계약 조건을 내놓거나 선수가 원하는 사항을 들어주지 않아 계약이 성사되지 못하면 류현진 선수는 한국으로 돌아가야 하는 상황이었죠. 어떻게 보면 불공평한 제도지만, 류현진 선수 곁에는 스캇 보라스가 있었기 때문에 흥미로운 상황이 벌어졌습니다.

미국에서 스캇 보라스는 역사적으로 야구를 변화시킨 에이전트로 인식됩니다. 계약을 해야 하는 30일 동안 매일매일 오가며 조율을 하는 것이 아니었습니다. 돌이켜보면 스캇 보라스가 머리를 굉장히 잘 썼던 것 같습니다. 보라스는 LA 다저스에서 류현진 선수를 원한다는 것을 잘 알고 있어서 엄청 센 조건을 내놓았습니다. 제가 듣기로 보라스 측에서는 LA 다저스 단장과 통화를 몇 분밖에 안 했다고 합니다. 전화할 때마다 텍사스 레인저스에서 뛰고 있는 일본인 투수 다르빗슈 유를 많이 언급하면서 큰 금액만을 언급했다고 합니다. 구단에서는 아직 한국 야구와 일본 야구를 비교해선 안 된다, 그리고 류현진과 다르빗슈는 스타일이 다른 선수다, 라고 했고요.

보라스 측에서 엄청난 금액을 거론할 때마다 구단 측은 말도 안 된다며 'NO'를 외쳤습니다. 그런데 보통 상대방이 거부 의사를 보이면 협상에서 조율하거나 수정안을 얘기할 텐데, 보라스는 협상을 중단하고 테이블을 접는 것이었습니다. 아주 딱딱한 스타일이었죠.

중간에 구단 내부 미팅에서 저에게 "류현진 선수와 친한 사람을 알고 있나?" 라고 물었습니다. 구단 입장에서는 선수의 진심이나 생각이 궁금했는데 보라스 측에서 선수를 딱 붙잡고 있었기에 알 수가 없었죠. 선수가 진짜 원하는 것이 무엇인지, 에이전트가 그저 협상에서 세게 나오는 것인지 알고 싶었으니까요. 당연히 저도 그때부터 욕심이 생겼습니다. 류현진 선수가 LA 다저스에 오면 저 역시 업무적으로 기회가 많이 생길 것으로 예상됐고, 무엇보다 야구팬의 한 사람으로서 류현진 선수가 제가 몸담고 있는 LA 다저스의 유니폼을 입고 있는 모습이 보고 싶었기 때문입니다. 그래서 제가 할 수 있는 최대한의 노력을 했습니다. 계약 마감 일주일을 남겨두고 밤새도록 보라스 측 사람들과 전화를 주고받았습니다. 보라스 측의 아는 에이전트들과 어떻게 하면 계약이 성사될 수 있을지에 대해 의견을 나누기도 했습니다.

다저스 구단에서는 류현진 선수의 전 소속팀인 한화 이글스에 문의를 해서 류현진 선수와 친한 사람이 누구인지 알아보는 일도 제게 맡겼습니다. 류현진 선수의 부모님이나 친구, 한국의 스카우터와도 연락을 자주 했습니다. 그러나 아무리 조사를 해봐도 류현진 선수의 생각은 알 길이 없었습니다. 계약 금액을 어떻게 제시해야 할지 감을 잡기 어려운 상황이었지만, 구단 측에는 류현진은 가치가 있는 선수니 많은 돈을 주고서라도 데려오자고 이야기했습니다. 류현진의 활약이 어떻게 될지는 몰랐지만, 최대한 잘됐으면 하는 마음도 있었으니까요.

계약 마감 이삼일 전부터 보라스가 다시 협상을 시작했습니다. 그동안과 똑같이 말도 안 되는 큰 액수를 언급했습니다. LA 다저스 단장도 화가 나서 협상을 하지 말자고 했습니다. 여기서 보라스의 배짱이 나옵니다. 우리가 싫다고 한 말을 안 믿은 거죠. '오케이' 하고 거기서 전화를 딱 끊어버렸습니다.

함께 가는 길, 외롭지 않다.

긴장되던 계약 당일

드디어 계약 마감일인 일요일이 되었습니다. 그날 오후 2시까지 계약이 성사되지 않으면 끝나는 것이었죠. 그날 아침 단장, 계약 담당 변호사, 저, 이렇게 셋이 야구장에 갔습니다. 마케팅 부서에 있는 제가 한국어를 한다는 이유로 한국 선수의 입단 문제에서 한동안 단장의 오른팔 역할을 하게 된 것이었습니다. 영광스럽게도, 사장, 구단주 등 높은 자리에 계신 분들께 제대로 얼굴도장을 찍었죠. 그때부터 구단의 여러 사람들이 저에 대해 '아, 이 친구는 여러 가지 다양한 역할을 하는구나. 우리 팀에서 참 쓸모 있는 사람이구나'라고 생각했던 것 같습니다.

그날 아침에 단장이 제게 그러시더군요. "오늘은 너에게 아주 역사적인 날이 되거나 아주 불행한 날이 될 것이다. 그러니 기대해봐라, 아주 재미있을 거다." 단장이야 이런 협상과 계약을 자주 하는 사람이지만 저는 처음이자 마지막이 될 수도 있었으니까요.

그후로 보라스 측과 치열한 마지막 협상이 펼쳐졌습니다. 금액이 오가고 전화를 안 받기도 하고 긴장감이 흘렀습니다. 당시 네 군데 장소에서 그 치열한 순간이 진행되었습니다. 저를 비롯한 구단 측은 다저스 구장에 있었고, 스캇 보라스는 자신의 사무실에, 류현진 선수는 집에 있었습니다. 그리고 MLB 사무국은 대기 상태였습니다.

이 네 곳에서 이야기가 잘 맞아야 계약이 성사되고 끝이 나는 상황이었습니다. 손에 땀이 나고 긴장되는 순간이었습니다. 마지막에 금액이 조율되어가면서 보라스가 계약금 외에 다른 조건들을 요구하기 시작했습니다. 비행기 일등석 티켓이나 원정 경기에서의 호텔 스위트룸 등등이었죠. 사실 선수들 연봉에 비해 큰 것들은 아니지만, 보라스가 선수들 편에서 선수의 편의와 입장을 잘 헤아려주는 사람이구나, 라는 생각이 들었습니다.

그리고 큰 이슈가 됐던 옵션이 '마이너리그 거부권'이었습니다. 마이너리그 거부권이란 팀이 선수를 마이너리그로 내려보내려고 할 때 해당 선수의 동의 없이 함부로 보낼 수 없다는 조항입니다. 류현진 선수는 그 조건을 구단에서 받아들이지 않으면 한국으로 돌아가겠다고 단호하게 말했습니다.

나중에 류현진 선수와 친해지고 나서 그 조건을 그렇게 강조한 이유를 직접 물어보았습니다. 현진이는 이렇게 대답하더군요. "내가 한국 프로야구에서 처음으로 진출하는 선수로서 길을 잘 만들어놓지 않으면, 다음에 메이저리그에 진출할 내 후배나 선배들이 힘들어질 수 있으니까."

류현진 선수는 연봉이나 계약금 등 돈은 덜 받더라도 앞으로 본인 다음에 메이저리그에 진출할 한국 선수들을 위해 이 조항만큼은 양보할 수 없고, 자존심을 지키고 싶었다고 얘기했습니다. 이 부분이 안 받아들여진다면 진짜 한국으로 돌아갈 생각이었다고 하더군요. 그 이야기를 듣고 '이 친구는 긍지가 있구나, 멋지다'라는 생각이 들었습니다.

그 당시 다저스 단장은 보라스에게 "어떻게 맷 켐프에게도 주지 못한 조건을 류현진에게 줄 수 있겠느냐"라고도 했습니다. 계약 마감시한을 몇 시간 앞두고도 치열한 협상이 계속됐습니다.

LA 다저스 구단 직원을 떠나
계약을 간절히 바라다

계약 협상을 할 때 다저스 단장이 제게 얘기했습니다.

"마틴, 너는 LA 다저스의 직원이니까 항상 팀을 먼저 생각해라. 계약 관련 이야기를 언론이나 외부에 말하는 날에는 너는 바로 해고다."

LA 다저스 직원의 신분이지만, 저는 한국 선수가 메이저리그에 진출하는 데 조금이나마 도움이 되고 싶었습니다. 비록 제 국적은 미국이지만 한국은 부모님의 나라이고, WBC나 올림픽 때는 항상 코리아를 응원했습니다. 류현진 선수를 알게 된 것도 업무로써가 아니라, 한국팀을 응원하면서 국가대표 에이스로서의 활약상을 봐왔기 때문입니다. 게다가 제가 LA 다저스에 있기에 그 누구보다 류현진 선수의 입단을 간절히 바랐습니다.

개인적으로는 한국에 대한 애정과 류현진 선수에 대한 마음이 컸고, 업무적으로는 류현진 선수가 입단하게 되면 제 업무인 마케팅에서 제가 할 수 있는 일과 기회가 많아질 거라고 생각했습니다. 그랬기에 계약 협상을 할 때 양쪽에 득이 되도록 노력했습니다.

계약서에 서명하던 순간

LA 다저스와 계약하던 날,
류현진 선수와
스캇 보라스(오른쪽),
그리고 다저스 구단주인
매직 존슨(왼쪽).

그리고 널리 알려진 것처럼 계약 마감 2초를 남겨두고 극적으로 계약이 성사됩니다. MLB 사무국에 계약 소식을 알리면서 시간을 넘기게 될까봐 엄청나게 긴장했고 마지막에는 전율이 일었습니다. 그렇게 류현진 선수는 다저스맨이 됐습니다.

현진이에게 처음으로 한 약속

계약 당일 밤 축하 자리에서 류현진 선수와 저는 친해졌고, 우리는 서로에게 한 가지씩 약속을 했습니다. 그때는 현진이의 통역을 맡기 전이었습니다. 그래서 제가 현진이에게 "MLB 올스타 선수로 뽑히면 나를 올스타전에 데리고 가달라"라고 말했습니다. 통역 업무를 한다면 당연히 같이 가게 되겠지만, 당시에는 "LA 다저스 구단 직원으로 너를 돌봐주겠다"고 했습니다. 올스타전은 야구팬으로서 유명한 선수들을 한자리에서 만날 수 있는 기회니까요. 현진이는 알겠다고 하고 제게도 약속을 하나 해달라고 했습니다.

"형, 나는 형을 믿을 거야. 형도 변치 말고 의리를 지켜줘!"
"현진아, 약속할게. 내가 LA 다저스 구단 직원이지만 절대 널 배신하지 않을 거야! 그건 반드시 약속할게."

현진이도 미국 진출을 하면서 여러 가지 소문이나 별별 이야기를 많이 들었겠지요. 그래서 걱정도 많이 했을 거고요. 저 역시 한국 사람이자 야구팬으로서 누구보다 현진이가 잘됐으면 하는 바람이 간절했고, 현진이에게 악수를 청하며 약속을 꼭 지키겠노라고 했습니다. 아마 그날부터 서로 속마음을 털어놓으며 더욱 믿을 수 있는 돈독한 사이가 된 것이 아닌가 싶습니다.

PART 1

류현진 Story

가장 먼저 친해진 루이스 크루즈

새로운 시즌을 준비하는 야구장

007

류현진, LA 다저스 팀원들을 처음 만나다

류현진 선수가 계약한 다음날, 잭 그레인키 선수도 LA 다저스와 계약을 맺었습니다. 그래서 류현진이 다저스타디움에서 처음 만난 LA 다저스 선수는 그레인키였습니다. 그레인키는 잘 알려진 대로 굉장히 특이한 사람입니다. 내성적이지만 머리가 좋고 솔직한 친구입니다. 너무 솔직해서 겁이 날 정도라고 알려졌죠. 있는 그대로 말하니까요.

그레인키와 현진이가 마주하자 둘 사이에는 당연히 어색한 기운이 흘렀습니다. 현진이가 처음으로 만난 미국 선수였고, 그레인키는 조용한 사람이었죠. 다른 선수를 만났더라면 좀더 화기애애했을 텐데 하필 그레인키여서 분위기는 다소 딱딱했습니다.

비시즌 중에는 야구장에 올 수 없는 어려운 환경의 어린이들, 청소년들을 선수들이 직접 만나러 가는 프로그램이 LA 근교에서 열립니다. 거의 모든 선수들이 학교, 커뮤니티 등을 단체로 찾아갑니다. 그때 류현진 선수가 처음으로 선수단을 만났습니다.

현진이가 가장 먼저 친해진 선수는 루이스 크루즈였습니다. 멕시코 출신인

크루즈는 몇 년 전 자신이 처음 미국에 왔을 때의 상황이 류현진 선수와 비슷하고, 미국 생활에 적응하는 데 어려움이 많았다면서 류현진에게 먼저 친근하게 다가왔습니다. 또 제가 스페인어를 할 수 있어서 둘 사이의 대화를 통역해줬기에 더욱 친해질 수 있었습니다. 크루즈가 류현진 선수에게 메이저리그 생활이라든지 적응법, 팀 분위기 등에 관해 많은 조언을 해줬습니다.

가장 인상적이었던 것은 크루즈가 현진이에게 아드리안 곤잘레스와 친해지라고 추천해줬다는 점입니다. 곤잘레스는 착실하고 다른 선수들이 신뢰하고 존경하는 선수라면서요. 야구에 집중하고 사생활도 모범적이며 훌륭한 사람이니 친해지면 적응에 도움이 될 거라고 했습니다.

한 선수 한 선수와 인사를 나누는데, 다저스의 에이스인 클레이튼 커쇼가 현진이를 보고 씩 웃으면서 체인지업을 좀 가르쳐달라고 했습니다. 벌써 어디서 이야기를 들은 건지 비디오를 본 건지 현진이를 알고 있는 것이 놀라웠습

1 첫번째 팬미팅 중 동료들과
2 맷 켐프와 함께
3 첫 사인회 현장
4 스프링캠프 전 팀 행사 때
5 처음 만난 팀원 잭 그레인키

니다. 현진이도 웃으면서 무슨 소리냐, 네 슬라이더를 가르쳐달라고 얘기했습니다. 같이 지내면서 확실히 알게 되었는데 커쇼는 메이저리그 최고의 투수지만 항상 야구를 연구하고 학생의 자세로 배우는 선수입니다. 팀 미팅이 있을 때 가장 먼저 오고 연습 때 달리기도 항상 1등을 하는 등 열정과 노력이 가히 최고입니다. 누구보다 열심히 훈련하면서 팀원들을 가장 열렬히 응원하는 것도 커쇼입니다. 그런 노력, 행동 하나하나를 옆에서 볼 때마다 그가 메이저리그 에이스라는 것이 전혀 놀랍지 않습니다. 당연한 거죠.

투수코치 릭 허니컷은 텍사스에 살고 있었기 때문에, 만남에 앞서 류현진 선수와 전화 통화를 하면서 이런 말을 전했습니다. "나는 너를 비디오를 통해 많이 봐왔고 굉장한 투수라는 걸 잘 알고 있다. 너는 루키지만 프로에서 온 선수이기 때문에 너를 변화시키거나 건드릴 생각은 없다. 네가 하던 대로 하고, 대신에 네가 잘 안 될 때 도움을 주겠다." 류현진 선수를 존중해주는 자세가 참 멋지다고 느꼈습니다.

애리조나 스프링캠프 라커룸 입구에 걸린 액자
'무엇보다 나는 지는 것이 싫다'_재키 로빈슨

ABOVE ANYTHING ELSE, I HATE TO LOSE.

— JACKIE ROBINSON

스프링캠프 이모저모

류현진 선수가 애리조나에 있는 스프링캠프 라커룸을 처음 보고는 엄청 놀랐습니다. 계약을 하고 유니폼을 입고 경기장을 이미 봤지만, 스프링캠프에서 곧 훈련을 앞두고 라커룸을 보면서 시설이 엄청 크고 좋아서 '내가 정말 메이저리그에서 뛰는구나' 하고 실감이 된다고 하더군요. 수많은 개인 라커 중 본인 자리를 찾고 웃으면서 좋아하던 모습이 아직도 기억납니다.

한국에서는 1월에 단체로 모여서 운동을 하지만, 미국에서는 스프링캠프 전에 개인적으로 몸을 만드는 것이 큰 차이점입니다. 그래서 현진이가 충격을 받기도 했습니다. 달리기에서 꼴찌를 하면서 언론에서도 이런저런 말들이 많았으니까요. 메이저리그 담당 기자들이 한국에서 온 선수가 높은 몸값을 받고 과연 얼마나 잘할 것인가 의혹을 품고 있던 때여서 시끌시끌했습니다.

제가 통역이고 매니저 역할을 했지만, 현진이가 잘하면 같이 잘되는 것이고 성적이 안 좋으면 다 같이 안 좋은 것이기 때문에, 현지 기자들이나 한국 언론의 반응을 보면서 안타깝기도 하고 걱정도 들었습니다. 현진이에게 왜 러닝을 열심히 안 하느냐고 묻자 현진이는 선발투수가 왜 뛰어야 하는지 모르겠다, 라며 씩 웃었습니다.

여기서 중요한 것이 류현진 선수는 끝까지 흔들리지 않았다는 점입니다. '나는 마운드에 올라가서 보여줄 수 있다'는 자신감을 눈빛에서 볼 수 있었습니다. 저 역시 마운드에서 잘 던지는 것이 가장 중요하다고 생각했기에 류현진 선수를 믿었습니다.

스프링캠프 첫날, LA 다저스 구단 역사상 그렇게 많은 기자가 모인 적은 처음이었습니다. 보통 10, 20명 정도의 기자가 오곤 했는데, 이번에는 한국 기자도 많았고 30명 이상 모였습니다. 그때 LA 다저스 구단도 '아, 우리가 맺은 계약이 이런 의미구나' 하고 실감을 하면서 PR팀 등이 본격적으로 대응을 시작했습니다. 제가 한국 미디어 담당 역할도 맡았습니다.

1 **스프링캠프 때 만난**
 추신수 선수와 저녁식사 후
2 **애리조나 스프링캠프장의 모습**

Ryu 다이어트

스프링캠프에서 몸을 만들 때, 류현진 선수가 역시 프로라는 것을 느낀 적이 있습니다. 먹는 것을 워낙 좋아하고 캠프 당시 몸 상태가 별로 좋지 않아서 걱정과 의혹, 소문이 많던 시기였습니다. 현진이가 제게 7킬로그램 정도를 뺄 거라고 하더군요. 당시 2주 동안 함께 살면서 계획적으로 치열하게 자기관리를 하는 모습을 보며 역시 빅리거는 다르구나, 하고 많이 느꼈습니다. 새벽에 운동하고 점심은 야구장에서 먹고 본격적으로 살빼기에 돌입했습니다. 그러면서 자기 컨트롤을 정말 잘하더라고요.

저녁 6시 이후에는 아무것도 안 먹고 다이어트 식단을 지키겠다, 라고 하면 일반 사람들은 쉽게 포기하거나 먹는 유혹에 빠지잖아요. 그런데 철저하게 지키더라고요. 예를 들어 함께 지내던 저와 에이전트 형은 저녁에 배가 고프면 라면도 끓여먹고 맥주도 마시는데 현진이는 절대 먹지 않았습니다. 냄새가 나니까 방에 들어갔다가 저희가 다 먹은 후에 나왔죠.

철저히 자기관리를 하면서 좋은 공을 던진다는 하나의 목표를 향해 최선을 다하는 모습이 아름답게까지 보였습니다.

스프링캠프에서 첫번째 MLB 불펜 등판을 앞두고

010

나만의 페이스대로 간다

스프링캠프 하루 훈련이 끝나고 기자회견 요청이 끊이지 않자, 구단에서도 류현진 선수가 우리가 알고 있던 것보다 훨씬 대단한 선수임을 깨닫고 많이 놀라는 분위기였습니다. 처음 마운드에 올라 공을 던진 날, 포수인 A. J. 엘리스가 류현진 선수에 대해 직구 로케이션이 정말 정확하다고 평했습니다. 훈련에서 몸 푸는 단계였기 때문에 체인지업이나 슬라이더는 안 던지고 직구만 던졌죠. 막상 공을 던지자 다른 선수들의 분위기가 달라졌습니다. 운동하는 모습이나 태도를 봤을 때는 '얘 뭐야' 하는 분위기였는데, 현진이가 공을 던지는 것을 보고는 다들 놀라며 인정했습니다.

현진이는 연습 경기를 치를 때도 "이건 어디까지나 연습이고 나는 시즌 들어가서 제대로 된 나의 공, 최고의 모습을 보여주면 된다"라며 본인의 스타일대로, 본인의 호흡대로 운동을 해나갔습니다.

사람인 이상 스프링캠프 훈련구장에 찾아오는 1만 4천 명의 팬들에게, 그리고 팀 동료 선수나 감독에게 잘 보이고 싶었을 텐데도, 안타를 맞건 홈런을 맞건 나는 길게 한 시즌을 잘 던지는 것이 목표지 지금 잘 던지고 잘 보이는 것이 중요한 게 아니다, 라며 자기 페이스를 유지하는 모습을 옆에서 지켜보면서 상당히 놀랐습니다.

개막전을 앞두고 류현진 선수는 마지막 연습 경기인 LA 에인절스와의 경기에서 엄청난 호투를 펼쳤습니다. 7이닝 무실점이었지요. 그때 모든 선수들, 코치들도 현진이가 대단하다고 했습니다. 현진이의 공을 받은 포수 A. J. 엘리스만 놀란 것이 아니라, 심판까지 경기가 끝난 후 포수에게 저 투수가 누구냐고 물어볼 정도였지요. 심판들도 투수가 누구인지, 존이 어떻게 형성이 되는지 연구를 합니다. 그런데 처음 보는 동양인 투수의 공이 굉장히 좋다고 얘기했다고 합니다. 그때부터 류현진 선수는 본인의 방식이 옳았다는 것을 입증했고 더욱 자신감을 가질 수 있었습니다. 현진이는 그날 자신을 승리로 이끈 공을 제게 주었고, 아직도 간직하고 있습니다.

그날 저는 현진이에게 선수들과 심판의 칭찬을 전해주었습니다. 의외로 굉장히 겸손해하더라고요. 미국 문화는 칭찬을 들으면 수긍을 하는데, 한국 문화는 "아닙니다, 별 말씀을요" 하면서 본인을 낮추기 때문에 더욱 그런 것 같습니다. 그런 문화적 차이 때문인지 선수들은 겸손한 류현진 선수를 더욱 좋게 생각했습니다.

011

첫 등판

시즌 개막 후 다저스타디움에서 자신의 메이저리그 데뷔 경기가 있던 날, 현진이는 많이 긴장했습니다. 게다가 상대팀이 라이벌 관계에 있는 샌프란시스코 자이언츠였기에 팬들의 응원도 대단했지요. 전날 준비하면서도 평소와는 다르게 긴장하는 모습이 보였습니다. 홈 구장인 다저스타디움이 현진이에게는 WBC 때의 경험도 있고 친숙한 구장이라는 점이 그나마 다행이었습니다.

상대팀인 샌프란시스코 자이언츠는 타력이 강한 팀이었고, 류현진 선수는 이날 경기에서 안타를 많이 맞았습니다. 퀄리티 피칭을 했지만 데뷔 등판에서 패전을 기록했지요. 경기 중간중간 투수코치는 괜찮으냐고 물으며 선발투수의 상태를 점검합니다. 포수는 투수와 많은 이야기를 나눕니다. "아까 던진 공은 좋았어" "2구째 공은 몰렸어" "체인지업이 괜찮아, 계속 던져" 등등 자세히 의견을 말해줍니다. 다른 선수들은 선발투수를 전혀 건드리지 않습니다. 선발투수에게 말을 걸 수 있는 사람은 감독, 투수코치, 포수뿐입니다.

그날 경기가 끝나고 류현진 선수는 많이 놀랐습니다. 한국과 미국 야구의 다른 문화를 생생하게 겪었기 때문이죠. 미국에서는 경기를 이기면 말 그대로

파티입니다. 클럽하우스에서 음악을 크게 틀고 춤추고 노래 부르며 축제 같은 분위기가 연출됩니다. 그런데 열 번을 이기다가 단 한 경기만 져도, 현진이의 표현을 빌리자면 '장례식장' 분위기가 됩니다. 지고 들어온 날은 고요한 분위기 속에서 모두 본인의 라커만을 바라보고 벌 받는 것처럼 10여 분을 있습니다. 선수가 아닌 제가 있기에도 너무 불편해서 그 순간은 잠시 나와 있습니다.

현진이는 그런 분위기가 많이 당황스러웠던 모양입니다. 제게 조용히 "형, 이 분위기 뭐야? 이상해"라면서 그 상황만은 적응하지 못했습니다. 현진이 얘기로는 한국에서는 이기면 물론 좋아하지만 지면 "괜찮아, 내일 경기는 이기자!"라고 서로 위로하고 의기투합한다고 합니다. 저 역시 그게 더 맞다고 생각합니다.

첫 등판에서 패배한 날, 류현진 선수도 혼자 라커 앞에서 조용히 명상하고 반성했습니다. 다른 선수들처럼요.

샌프란시스코 자이언츠의 홈 구장
AT&T 파크

류현진 데뷔 경기 후
기자 인터뷰

개막전 덕아웃에서 본
LA 다저스 선수들

경기 전 선수들의 입장 대기

012

첫 승

현진이가 주로 1, 2회에 안타를 많이 맞고 나서 정신을 차리는 것 같아서, 팀 동료 루이스 크루즈가 덕아웃에서 웃으면서 "현진이는 불펜에서 1, 2회 몸 풀다가 3회부터 등판해야겠다"고 농담을 할 정도였죠. 첫 승을 할 때도 홈런을 맞고 나서 오히려 흔들리지 않고 더 잘 던졌습니다. 류현진 선수는 홈런을 맞으면 그 원인을 반드시 알아내려고 해요. 포수에게 공이 몰렸느냐, 실투였냐 등등 질문을 합니다. 잘 던졌는데도 맞은 거라면 주변에서 아무 얘기가 없습니다. 타자가 잘 친 것이니까요. 분석대로 타자가 약한 곳으로 공을 잘 던졌는데 맞으면 어쩔 수 없는 것이죠. 반대로 본인이 잘못 던져서 맞으면 굉장히 아쉬워합니다. 하지만 류현진 선수의 특징은 경험을 통해 두 번 다시 실수하지 않으려고 한다는 점입니다. 악착같이 배우고 분석해서 다시는 맞지 않으려고 합니다.

승리가 없었을 때는 첫 승을 기대했는데, 막상 승리를 올리고 나니 당연히 할 것을 했다는 차분한 분위기였습니다. 제가 첫 승 공을 포수에게 받아서 류현진 선수에게 전달해줬습니다. 그때부터 다저스타디움에서 등판한 날에는 경기 후에 류현진 선수의 가족, 지인들이 모여 고기를 먹었습니다. 등판을 기념하고 이긴 날은 축하를, 진 날은 위로를 하면서요.

MLB 첫 완봉승을 향해!

013

LA 지역 라이벌을 상대로 첫 완봉승

류현진 선수는 한 번 잘했던 팀에게 더 강한 자신감을 갖는 것 같습니다. LA 에인절스의 경우 스프링캠프 때 마지막 연습 경기 상대였는데 그날 굉장히 잘 던졌죠. 그때 기분과 느낌을 계속 이어간 것 같습니다.

완봉승이 기대되는 7회부터는 덕아웃의 선수들도 덩달아 긴장이 됩니다. 서로 장난도 자제하고 투수에게 말도 걸지 않습니다. 저 역시 그 분위기 속에서 현진이에게 아무 말도 하지 않았습니다. 지금 잘하고 있으니 네 페이스대로 가라고 모두가 배려하는 것이죠.

8회가 지나자 팬들도 완봉승 기록을 의식했는지 더욱 함성이 높아졌습니다. 그날은 포수와의 호흡도 더욱 잘 맞았다고 합니다. 입단 후 선수단 미팅 때 현진이가 포수인 A. J. 엘리스에게 "네가 선수들의 장단점을 잘 알고 리그 선배이기 때문에, 나는 네 사인을 믿고 따라가겠다"고 얘기했습니다. 그 말대로 류현진 선수는 대부분 포수 사인을 거절하지 않고 던졌습니다.

현진이의 완봉승이 확정되는 순간 환호하는 선수들을 보며 저는 눈물이 날 정도로 진심으로 현진이가 자랑스러웠습니다. 그날 미국 전역으로 방송되는

ESPN 방송국에서 중계를 했기 때문에, 많은 미국인들이 류현진 선수를 알게 된 날이기도 했죠.

경기가 끝나고 그날의 수훈 선수 인터뷰가 있었는데, 주로 TV에서만 보아왔던 ESPN 기자와 제가 직접 통역으로 만나니 엄청 긴장됐습니다. 그래서 인터뷰 도중 속으로 '와, 이 사람이 현진이를 인터뷰하는구나'라고 생각하다가 그만 질문을 까먹고 말았습니다. 다행히 제가 야구팬이고 다른 선수들의 인터뷰를 워낙 많이 봤기에, 미국 선수들이 잘하는 인터뷰 스타일대로 말했습니다. 나중에 현진이와 웃으며 이야기했지만, 현진이가 너무 잘 던져서 오히려 제가 더 긴장되던 날이었습니다.

완봉승을 축하해주는 포수 A.J. 엘리스

애리조나에서 지구 우승을 결정짓고 기쁨의 순간

014

4년 만의 지구 우승

제가 몸이 아프면 팀 닥터들이 출동합니다. 저에 대한 걱정도 있지만 선수들에게 옮기기라도 하면 큰일이니까요. 제가 아파서 올 시즌 처음으로 류현진 선수가 야구장에 혼자 간 날이 있었습니다. 다행히 휴대전화가 있어 필요할 땐 서로 연락할 수 있었죠. 그날 LA 다저스는 애리조나와의 원정 경기에서 4년 만에 지구 우승을 확정지었습니다.

포스트시즌 진출이 결정된 순간, 말 그대로 축제였습니다. 저도 경기가 끝나갈 때쯤 몸은 안 좋지만 같이 고생한 팀 동료들, 코칭스태프와 함께하고자 야구장으로 향했습니다. 현진이가 아이처럼 펄쩍펄쩍 뛰면서 좋아하던 모습이 기억에 남습니다.

사실 시즌이 끝나기 한 달 전부터 현진이는 무척이나 한국에 가고 싶어했습니다. 지인이든 기자든 한국에 가는 사람들을 정말 부러워하고 본인도 가고 싶어했죠. 집이 그립고, 가족, 친구들을 정말 보고 싶어했습니다. 농담으로 포스트시즌에 진출하지 않고 시즌이 빨리 끝났으면 좋겠다고도 하더군요. 그런데 애리조나에서 포스트시즌 진출이 결정되자 누구보다 더 기뻐하는 것이었습니다.

어쩌면 이날의 기쁨을 위해 선수들이 스프링캠프 때부터 몸을 만들고 훈련을 하고 노력을 한 것이 아닌가 싶었습니다. 저 역시 한 해 동안의 고생이 눈 녹듯 사라지는 기분이었습니다.

모든 선수들이 축하하고 기뻐하며 아이처럼 놀았습니다. 류현진 선수 개인적으로도 데뷔 첫해에 팀이 포스트시즌에 진출하는 것이 행운이었죠. 시즌 초반 LA 다저스가 부진할 때는 "나는 미국에 와서도 잘 안 풀리는구나" 하며 농담도 했지만요. 그러다 팀이 승승장구하면서 결국 포스트시즌에 나갔으니 모든 선수들이 더욱 기뻐할밖에요.

지구 우승을 확정지은
애리조나 다이아몬드백스 홈 구장

지구 우승을 자축하며
현진이와 함께

애틀란타 브레이브스와의
디비전시리즈
3차전 경기 전 기자회견

애틀란타 브레이브스 홈 구장

015

디비전시리즈에서의 부진

시즌이 끝나갈 무렵에는 많은 일이 '저절로' 이루어졌습니다. 저도 현진이의 스타일이나 루틴을 알게 됐고, 현진이도 적응을 하면서 스스로 알아서 하는 것들이 많아지니 서로 편했습니다. 처음에는 제가 모든 순간 집중해서 현진이를 보호해줬다면, 시간이 지나면서 LA에 있을 때는 아무래도 제가 회사에서 하는 일들이 많다보니 현진이도 필요할 때만 저를 부르고 배려해줬습니다.

그러나 정규시즌과 포스트시즌의 분위기는 확실히 다릅니다. 준비운동, 팀 미팅, 팀 분위기, 팬들의 열기, 언론의 관심 등 모든 것이 정규시즌 때보다 훨씬 더 뜨겁습니다. 이런 것들이 선발투수에게는 고스란히 부담으로 다가옵니다. 제가 한 시즌 동안 류현진 선수를 옆에서 지켜봤지만 이때처럼 긴장한 모습은 처음이었습니다.

류현진 선수는 애틀란타 브레이브스와의 디비전시리즈 3차전에 선발투수로 등판했습니다. 그날은 현진이가 경기 중에 숨쉬는 것부터 달랐습니다. 시즌 중 한 번도 없었던 수비실책을 2개나 범했습니다. 1루수인 아드리안 곤잘레스가 덕아웃으로 오면서 제게 말하더군요. 현진이 괜찮으냐고, 호흡이 정규시즌 등판 때보다 거칠다고요. 어깨를 들썩이는 것도 그렇고요. 1루수니까

류현진 선수를 가까이서 지켜보고 한 얘기죠. 저더러 현진이에게 침착하라
고, 긴장하지 말라고 전해달라더군요.

그러나 저는 전달하지 않았습니다. 류현진 선수와 가까이 생활하면서 현진
이가 그런 이야기들을 안 좋아한다는 것을 잘 알고 있었습니다. 감독이나 코
치가 전달하라고 하면 당연히 해야겠지만, 선수들이 하는 얘기는 당시에는
중요하지 않은 것들이 대부분이니까요. 긴장하고 있는데 제가 긴장하지 말
라고 말해봤자 긴장을 멈출 수 있는 것이 아니겠죠. 게다가 류현진 선수는
프로고 본인을 잘 컨트롤할 수 있는 친구입니다.

저도 야구팬이어서 가끔 선수들의 실수를 보면 안타깝고 야유를 보낼 때도
있습니다. 어느 날 현진이가 저에게 그러더군요. "형, 내가 홈런을 맞고 싶어

포스트시즌 유니폼과
ID카드

서 맞는 거 같아?" 그때 깨달았습니다. 누구보다 타자를 삼진으로 돌려 세우고 싶고, 홈런이나 안타를 맞기 싫어하는 사람은 아주 당연히, 바로 투수라는 사실을요. 그때부터 상황에 도움이 안 되거나 잔소리 같은 이야기, 오히려 집중에 방해가 되는 말들은 통역을 하지 않았습니다.

그날 경기가 끝나고 가장 힘들어하고 화를 낸 사람은 역시 류현진 선수였습니다. 스스로 자신이 있었는데, 3이닝밖에 던지지 못하고 교체된 것도 너무 아쉬워하더군요. 하지만 현진이는 안 좋은 일이나 기억을 빨리 털어버리는 장점이 있기에 곧 괜찮다고 했습니다. 그러면서 저에게 이렇게 얘기했어요. "형, 나 다짐했어. 감독님이 나한테 등판 기회를 다시 준다면 무조건 이길 거야." 현진이가 그렇게 결연하게 말한 것은 그때가 처음이라 저도 조금 놀랐습니다.

016

한국인 최초 MLB 포스트시즌 선발승

류현진 선수의 포스트시즌 다음 등판은 세인트루이스 카디널스와의 내셔널
리그 챔피언십시리즈 3차전이었습니다. 그날 현진이는 본인 말대로 아주 잘
던졌고 승리투수가 됐습니다. 바로 한국인 선수 최초로 메이저리그 포스트
시즌 선발승을 거둔 것이었죠. 경기 전 몸 푸는 것이나 컨디션도 부진했던
전 경기와는 확연히 달랐습니다. 류현진 선수가 시즌 중에는 주로 1, 2회에
안타를 많이 맞고 실점을 했습니다. 긴 이닝을 던지는 것도 중요하기 때문에

완급조절을 하면서 공을 던져왔는데, 이날만큼은 오래 못 던져도 좋으니 1회
부터 온 힘을 다해 던지겠다고 하더군요.

경기 전 불펜 투구를 할 때마다 포수 A. J. 엘리스가 제게 신호를 줍니다. 현
진이의 공이 좋거나 나쁠 때 눈빛과 손짓으로요. 안 좋을 때면 전날 무슨 일
이 있었느냐고 묻기도 합니다. 그런데 이날은 엄청 놀라는 것이었습니다.
"와, 장난 아닌데!"라면서요. 그만큼 공이 좋았던 것이죠. 그날 기자회견장에
는 앉을 자리가 없을 정도로 취재 열기가 그 어느 때보다 뜨거웠습니다.

세인트루이스 카디널스 홈 구장

그리고 운명의 NLCS 6차전, 시리즈 스코어 2승 3패로 수세에 몰려 있던 LA 다저스는 에이스 클레이튼 커쇼를 선발투수로 내세웠습니다. 이날 커쇼가 이긴다면 류현진 선수가 7차전 선발투수로 등판할 예정이었습니다. 현진이는 올해 개인 목표를 다 이뤘지만, 7차전에서 현진이가 이기면 월드시리즈 진출, 지면 탈락이라는 더없이 중요한 시점을 맞게 되는 것이었죠. 진다면 한 해 동안 잘해온 것이 빛바랠 수도 있는 상황이었는데도 류현진 선수는 내심 7차전 등판을 기대했습니다. 저 역시 7차전이 열리기를 바랐습니다. 팀이 이기는 것도 중요하지만, 현진이가 그렇게 압박감이 큰 경기에서 과연 어떤 퍼포먼스를 보여줄 것인지 기대 반 긴장 반이었죠.

하지만 안타깝게도 클레이튼 커쇼가 6차전 패전투수가 되면서 LA 다저스는 내셔널리그 챔피언 자리를 세인트루이스 카디널스에 내주었고, 월드시리즈에 진출하지 못했습니다. LA 다저스의 2013 시즌은 그렇게 막을 내렸습니다.

017

최종전, 그후

NLCS 6차전 패배 후, 굉장히 중요한 경기에서 졌기에 장례식 타임이 이어졌습니다. 푸이그는 본인의 실책에 열받아했고, 엘리스는 벽에 기대서 아쉬워했습니다. 누구보다 선발투수였던 커쇼가 정말 속상해했습니다. 그렇게 10분의 시간이 지나고, 돈 매팅리 감독이 모두에게 라커룸으로 들어오라고 하고는 문을 잠그라고 했습니다.

매팅리 감독은 평소 말이 없는 편입니다. 선수들에게 기를 불어넣어주는 스타일은 아니죠. 하지만 항상 선수 편을 들어주고 침착합니다. 그날 매팅리 감독은 선수들을 모아놓고 이렇게 말했습니다.

"이 시즌이 우리가 원하는 대로 끝나진 않았다. 그러나 우리는 사람들이 안된다고 할 때, 예상치도 못했던 시즌 초의 부진을 이겨냈다. 정말 안타까운 것은 선수들의 부상이었다. 잠시 후 라커룸을 나갈 때 절대 고개 숙이지 마라. 그럴 필요가 없을 만큼 난 너희들이 자랑스럽고 고맙다. 한 명 한 명 모두 사랑하고, 올해 너희들의 감독이 나라는 사실이 자랑스럽다. 끝."

짧고 굵게 말을 마친 후, 모든 선수들과 차례로 악수를 하고 포옹을 해줄 때 가슴이 뭉클해졌습니다. 단장과 감독, 투수코치가 제게 와서 "1년 동안 현진이를 잘 보살펴줘서 정말 고맙다. 고생했다"고 말할 때도 역시 온몸이 뜨거워졌습니다.

그게 끝이라는 것이 너무나 아쉬웠습니다. 우리의 한 시즌이 그렇게 끝난 겁니다. 미팅이나 회식 같은 것도 없이 그 순간이 끝이었습니다. 내년에도 계약이 되어 있는 선수들은 "내년에 보자"고 말했고, 계약이 불투명한 선수는 그냥 인사만 나누고 아쉽게 헤어졌습니다.

류현진 선수도 "진짜 이건 너무 개인주의적이다"라며 아쉬워하더군요. 팀이 뭉친 마지막 날이었고 다음날 이동하는 비행기 안에서는 모두 휴식 모드였지만, 그래도 이제 시즌이 끝났으니 즐기자며 즐거워하는 분위기였습니다. 도착해서 라커룸을 정리하고 헤어지면서 정말로 끝이 났습니다.

그다음 단장, 사장 등과 미팅을 했습니다. 류현진 선수에게 올해 1년 소감을 묻더군요. 현진이가 "올해 정말 좋았고 고맙게 생각한다"라고 말하자, 미국에 온 것을 후회하느냐고 물었습니다. 현진이는 "절대로 후회하지 않고 정말 즐거웠다"고 대답했고요. 단장은 "올해 예상한 것 그 이상으로 좋은 활약을 펼쳐줘 고맙다, 내년에도 기대한다"고 말했습니다. 오프시즌에 한국 가서 푹 쉬고 운동도 좀 하고 오라는 당부도 했습니다.

018

가장 기억에 남았던 함성

류현진 선수가 등판하는 날은 항상 제가 먼저 그라운드에 나갑니다. 분위기를 파악하고 한국 사람들이 많이 왔는지 점검한 후, 투수들이 몸을 푸는 곳으로 갑니다. 시즌이 진행될수록 쑥스럽지만 제게도 환호를 해주는 팬들이 많아졌습니다.

캐나다에 있는 토론토 블루제이스 원정에서 있었던 일입니다. 지금도 생생하게 그려지는데, 라커룸에서 나왔을 때 저를 본 한국인 관중 3천 명 정도가 외야 쪽에서 태극기를 들고 제 이름을 부르는 겁니다. 경기 때의 함성보다

토론토 블루제이스 홈 구장

더 큰 소리로요. 너무 놀라서 바로 다시 들어왔습니다. 그런 생각이 들었습니다. '이 함성과 박수는 내가 먼저 받아선 안 된다, 현진이가 받아야 한다.' 그래서 현진이에게 이야기했습니다. "현진아, 네가 먼저 나가야겠다."

함성이 야구장 안을 가득 채웠습니다. 한국 사람들이 "류현진! 류현진!" 하고 외치는 소리가 돔구장 안에 울려퍼지며 꼭 "USA! USA!"로 들렸습니다. LA 다저스 감독과 선수들이 제게 "무슨 일이냐? 왜 관중들이 USA를 외치냐?"고 물었습니다. 이게 그냥 웃고 지나갈 만한 일이 아니었던 것이, 블루제이스가 캐나다에 있는 팀이기 때문에 캐나다에서 USA를 외치는 것은(실제로는 '류현

진'을 외친 것이었는데도!) 홈팀에 대한 야유로 들릴 수도 있으니까요. 그래서 오해한 캐나다 팬들이 야유를 보내며 기싸움이 벌어졌습니다.

경기가 끝난 후 구장 직원으로부터 연락이 왔습니다. 경기장에 나와야겠다고요. 제가 가보니 경기가 끝나고 시간이 흘렀는데도 1천 명 정도의 팬들이 남아서 환호를 보내더군요. 그래서 현진이에게 "네가 나가야겠다. 인사도 드리고 하이파이브도 해라"라고 전해주었습니다.

LA에 있는 교민들은 상대적으로 류현진 선수를 야구장에서 보기가 쉽지만, 캐나다에는 원정 경기를 자주 못 가니 한국 교포들의 고국에 대한 그리움과 갈증이 더 컸던 것 같습니다. 그토록 뜨거운 환호와 관심에 현진이나 저나 모두 놀랐습니다.

019

경기 중 류현진 선수와의 소통법

류현진 선수가 등판하지 않는 날에는 서로 장난도 많이 합니다. 경기를 보면서 편하게 이런저런 이야기도 많이 하고요. 루이스 크루즈 선수는 이런 현진이와 저를 보고는 웃으면서 〈라이언 킹〉에 나오는 '티몬'과 '품바' 같다고 얘기했습니다. 제가 이야기하는 것도 좋아하는데다 통역이기에 주로 말을 많이 하는데 류현진 선수는 듣는 입장이고, 또한 현진이는 덩치가 큰데 저는 좀 마르다보니 그런 별명을 붙여주더군요.

제가 팀 내 분위기나 루머 등 현진이가 야구 외적으로 알아야 하는 것들도 알려주었고, 제가 프런트에 있고 마케팅 담당 직원이다보니 다른 선수들이 모르는 이야기, 류현진 선수에게 도움이 될 수 있는 것들에 대해 많은 이야기를 해줄 수 있었습니다.

팬들 혹은 구단을 통해 온 많은 분들이 류현진 선수의 사인이나 만남을 요구하는 경우가 꽤 있습니다. 모든 요구를 들어줄 수는 없기 때문에 제가 판단하기에 류현진 선수에게 도움이 되거나 필요한 자리라면 조언을 해줍니다. 현진이가 미국 문화를 아직 잘 모르기에 제게 많은 것을 의지하고 저 역시 잘 적응할 수 있도록 많은 이야기를 해줍니다.

020

마운드에서는 어떤 대화가 이루어질까

MLB 규칙상 통역이 마운드에 오를 수 있는 경우는 감독이나 코치와 동행할 때입니다. 포수가 혼자 올라갈 때는 통역이 같이 갈 수 없습니다. 마운드에 나갈 때마다 심판들이 제가 누구냐고 물어봅니다. 통역은 괜찮은데, 트레이너는 마운드에 올라갈 때 횟수 제한이 있습니다. 만약 트레이너가 여러 번 올라가게 되면 투수를 교체해야 합니다. 이렇게 세부적인 규칙이 많습니다.

처음 투수코치가 마운드에 같이 나가자고 한 날, 엄청 떨렸습니다. 지금까지는 야구팬으로서만 봐왔던 장면이었는데, 제가 직접 중계 카메라에 잡히기도 하고, 메이저리그 마운드에서 과연 무슨 말이 오가는지 확인할 수 있는 순간이었기에 무척 흥분됐습니다. 내가 먼저 나가야 하나? 코치 뒤에 가야하나? 순서는 어떻게 되지? 순간 머릿속이 복잡해졌습니다. 덕아웃에서 마운드까지의 거리가 그렇게 멀게 느껴질 수가 없었습니다.

대부분 두 가지 이야기를 했습니다. 투수의 상태와 다음 타자에 대한 작전입니다. 투수를 교체하기 전에 다음 투수가 몸을 풀기 위한 시간을 버는 경우도 있죠. 마운드에 종종 올라가면서 깨닫게 된 사실인데, 감독이나 코치가 저와 함께 올라간다면 대부분 류현진 선수가 교체되지 않는다는 의미입니다.

투수 교체 시점이라면 통역이 필요 없겠죠.

언제부턴가 현진이가 감독이 혼자 올라가면 마운드에서 내려가야 한다는 걸 깨닫고는 제가 함께 올라가면 교체되지 않아 좋아했습니다. "마운드에 있을 때 형이 함께 오면 굉장히 기쁘다"고 하더군요.

021

선수들이랑 직접 이야기해

저는 류현진 선수에게 일찌감치 이렇게 이야기했습니다. 현진이가 포수와 이야기하고 싶을 때면 포수를 데리고 저에게 오라고요. 아직은 현진이의 영어가 서투르니까요. 그때 제가 한 가지 덧붙인 말이 있는데, 바로 "다른 선수와 이야기하고 싶을 때면 둘이 함께 나에게로 오되, 그 선수를 부르는 것은 네가 직접 해라"였습니다. 저는 통역하는 사람이지 메신저가 아니니까요. 반대의 경우로 다른 선수들이 현진이에게 무언가를 물어봐달라고 할 때도 저는 직접 가서 이야기해보라고 했습니다. 그래야 인간관계가 생기니까요. 제가 다른 선수들의 말을 전달하기만 한다면 현진이는 저하고만 이야기를 하게 되겠죠. 대화를 할 때 말이 통하지 않더라도 눈빛을 마주하고 고개를 끄덕이고 다양한 몸짓을 하게 되잖아요. 현진이가 저를 통해서만 이야기한다면 이곳 생활에 적응하고 여러 사람들과 어울리는 데 힘들 거라고 생각했습니다.

처음에는 투수코치도 류현진 선수에게 말을 전할 때 저를 쳐다보며 이야기했습니다. 그래서 "나를 보지 말고 류현진을 보고 말하라"고 했습니다. 마치 통역이 그 자리에 없는 것처럼 이야기를 나누라고 한 거죠. 현진이에게도 말하고 싶은 사람은 직접 부르라고 했습니다. 이름은 다 아니까 이름을 부르면

감독님과 탁구 한판

처다볼 테고, 그다음 말은 제가 전달해주면 되니까요. 그렇게 습관을 들이게 했습니다.

이후 현진이의 영어가 조금씩 늘고, 선수들과 장난도 치며 쉽게 적응하는 모습을 보니 제 의견이 적중했다는 생각이 들었습니다. 제가 전문 통역사는 아니지만, 인간관계를 맺고 사람들과 소통하려면 직접 겪으면서 서투르더라도 하나씩 노력하는 것이 중요하다고 믿었거든요.

저는 커뮤니케이션과 마케팅을 공부했기 때문에 대화를 할 때 언어의 역할은 50% 정도밖에 안 된다는 것을 알고 있었습니다. 눈빛, 태도, 웃음 등 다양한 방법으로 생각을 나눌 수 있기에, 현진이 역시 저를 제외한 다른 사람들과 최대한 어울리기 위해 노력했습니다.

현진이가 등판할 때면
덕아웃에서 늘 초조해진다

022

경기 중 나의 동선, 역할

시즌이 흐르면서 저도 눈치가 생겨서 덕아웃에서의 동선을 미리 예상할 수 있었습니다. 잘 던질 때는 조금 거리를 두고 지켜보고, 투수 교체 혹은 코치나 감독이 마운드에 올라갈 시점에는 코치 곁으로 이동합니다.

반대로 류현진 선수가 마운드에서 덕아웃으로 오면서 코치나 포수랑 이야기를 하고 싶을 때는 제게 사인을 주기도 합니다. 그렇기 때문에 경기 상황이나 류현진 선수를 한순간이라도 놓치면 곤란해집니다. 흐름을 잘 읽기 위해 매 순간 집중하는 게 덕아웃에서의 저의 역할입니다.

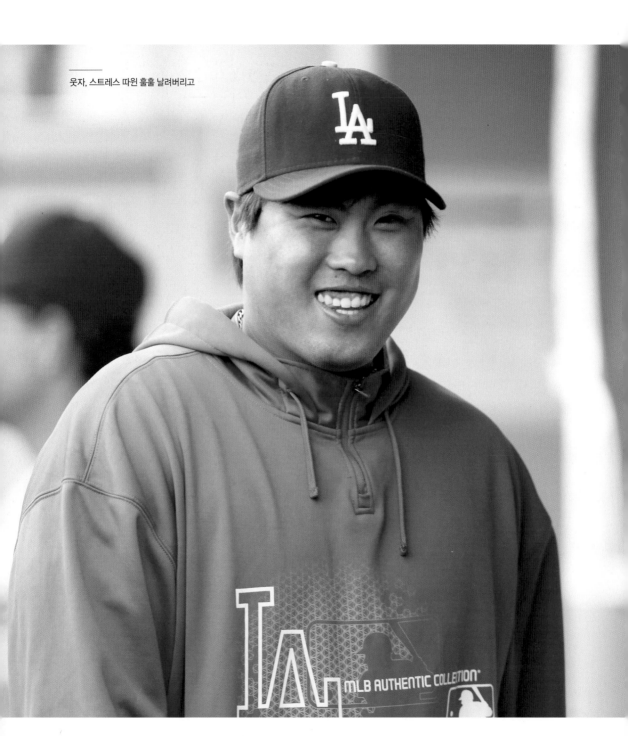

웃자, 스트레스 따윈 훌훌 날려버리고

023

류현진 선수의 루틴

스트레스

류현진 선수는 '스트레스'라는 단어를 싫어합니다. 바로바로 문제를 해결하려 하고 털어버리려고 하고 스트레스 받는 일을 피하려고 합니다. 마음속에 담아두는 편이 아니죠. 스프링캠프 때부터 저에게 얘기한 것이 "스트레스로 인해 투구에 안 좋은 영향을 끼치고 싶지 않다"였습니다. 어쩌면 일반 사람들에게는 불가능한 일일 수도 있습니다. 삶의 순간순간이 스트레스의 연속이니까요. 그러나 현진이는 온 정신을 공 던지는 것에 집중하려고 하고 그외에 신경 쓰이는 일은 바로바로 처리하는 스타일입니다.

저도 그런 현진이의 스타일에 특별히 신경을 썼고 현진이가 던지는 날에는 어떤 스트레스도 주지 않으려고 노력했습니다. 선수들에게 큰 스트레스 중 하나가 팬들에 대한 부담입니다. 물론 팬들의 응원이나 관심이 큰 힘이 되지만, 선수의 기분은 고려하지 않고 언제 어디서든 사인이나 사진 촬영을 부탁하는 일이 많죠. 류현진 선수가 등판하는 날에는 미국은 물론 한국에서도 현진이를 보러 많은 팬들이 야구장을 찾습니다. 먼 거리를 오셨기 때문에 류현진 선수의 사인이나 사진을 갖고 싶은 마음은 충분히 이해합니다.

그러나 선발 등판하는 날에는 투수에게 그런 부담을 주면 안 됩니다. 특히 제게 많은 부탁이 들어오는데, 제가 "오늘은 경기에 나가야 하기 때문에 사인을 할 수가 없습니다"고 말하면 화를 내는 경우도 종종 있습니다. 다짜고짜 한국에서 왔는데 꼭 해달라, 건방지다, 이렇게 말씀하시더라고요. 그러면 제가 내일 오시면 개인적으로 꼭 챙겨드리겠다고 할 때도 있습니다.

한번은 현진이가 등판하기 바로 전 불펜에서 연습 투구를 할 때 팬들이 소리를 계속 지르자 클레이튼 커쇼 선수가 나와서 "쉿" 하고 부탁을 했습니다. 집중하고 있으니 조용해달라는 것이었죠. 미국 팬들은 이런 것을 알지만 한국 팬들은 잘 모르는 경우가 있습니다. 이 점은 꼭 이해해주셨으면 좋겠습니다.

게임과 비디오
류현진 선수는 야구장 밖에서는 안정을 취하고 편안한 몸과 마음을 유지하기 위해 평소 본인이 좋아하는 것을 많이 합니다. 휴대전화로 게임을 하거나 비디오를 많이 봅니다. 특히 자신이 잘 던졌던 경기 영상을 여러 번 봅니다. 잘 던졌던 날의 투구폼이나 밸런스 등을 꼼꼼히 관찰하는 것이죠. 그것들을 잊지 않고 몸에 익히기 위해, 좋았던 감정을 이어가기 위해 많은 노력을 기울입니다.

경기가 끝나고 현진이는
스스로에게 몰입 중

팔찌

류현진 선수가 늘 하는 야구 팔찌가 있습니다. 그런데 경기 중에는 팔찌를 찰 수가 없어서 한번은 제게 맡겼습니다. 혹시 잃어버릴까봐 제가 그 팔찌를 찼습니다. 그날 경기에서 승리를 거두더니 그다음부터는 경기 전에 제게 계속 팔찌를 맡기는 것이었습니다. 그후 3연승을 하고 나서 패전투수가 된 다음부터는 맡기지 않더라고요.

번갈아 타는 차

류현진 선수가 미국에서 타는 차는 2대입니다. 원래는 검은 차를 타다가 어느 날 야구장에 흰 차를 타고 왔습니다. 그날 경기를 이기고는 당분간 흰 차를 타고 야구장으로 이동했습니다.

선수들에게는 저마다의 루틴이 있고, 그것들에 아주 예민한 경우도 있고 크게 신경을 쓰지 않는 경우도 있는데, 그 가운데 류현진 선수는 평범한 스타일에 속합니다.

선발투수들의 3연전 준비 과정

보통 한 팀과 3연전을 치를 때, 첫날에는 경기 전에 전체 투수 미팅이 있습니다. 그때 포수와 투수코치들이 상대팀의 한 타자, 한 타자를 분석합니다. 어떤 공에 강하고 약한지, 최근 컨디션은 어떤지 등에 대해 이야기를 나눕니다. 3연전에 등판할 선발투수들은 경기 2시간 전에 감독, 코치, 포수와 따로 모여 더욱 자세히 분석을 합니다. 상대팀 라인업과 벤치에 있는 선수들까지 상세하게 분석을 합니다. 구단이 보유한 엄청난 비디오 데이터를 토대로 하죠. 상대 타자의 과거 맞대결 모습부터 최근 모습까지 원하는 자료는 전부 있습니다.

보통 7시에 경기가 시작되면 2시쯤 선수들이 모여 개인 운동, 스트레칭 등을 합니다. 선발투수는 가장 늦게 옵니다. 그날의 선발투수에게는 아무도 말을 걸지 않고 잘 건드리지도 않습니다. 집중력을 흐트러뜨리지 않기 위함이죠. 커쇼 선수의 경우 등판하는 날은 인사를 절대 하지 않습니다. 예민한 투수들이 많은데, 류현진 선수는 평범한 편입니다. 평소 장난을 좋아하지만 등판하는 날에는 장난치지 않습니다. 자신만의 집중하는 시간을 갖죠. 같이 지내면서 저도 류현진 선수가 등판하는 날에는 가급적 말도 안 걸고 혼자만의 시간을 가질 수 있도록 조심스럽게 대합니다.

선발투수끼리는 통한다

제가 멋있다고 생각한 것은 선발투수 간의 관계와 의사 전달이었습니다. 선발투수끼리는 통하는 것이 있습니다. 한 명이 잘 던진 날은 다른 선발투수들이 와서 가장 기뻐하고 축하해줍니다. 투수는 잘 던지는데 타선이 부진해서 지고 있을 때는 그 누구보다 안타까워하고 위로를 해주는 사람도 다른 선발투수들입니다. 그것이 그냥 보기만 해도 느껴질 정도입니다.

이 분위기를 빠르게 알아챈 류현진 선수도 커쇼 선수가 시즌 초반 잘 던지는데도 승운이 따르지 않았을 때, 위로도 해주고 눈빛으로 격려해주며 선발투수끼리의 소통에 동참하게 되었습니다.

역사적인 순간의 공은
MLB 사무국의 인증을 받는다

데뷔전에서 던진 첫 공, 첫 번째 삼진을 잡은 공, 첫 승을 한 공 등등 프로야구 선수들의 개인 커리어에서 의미가 있는 공들은 상당히 많습니다. 한국 프로야구에서 메이저리그로 진출한 현진이도 예외가 아니죠.

메이저리그 경기장에는 MLB 사무국에서 나온 기록원이 있는데, 그 기록원은 이런 공들이 나올 때마다 MLB 스티커를 공에 붙입니다. 스티커에 기록된 시리얼 넘버가 동시에 컴퓨터에 등록됩니다. 예를 들어 '류현진 선수가 첫 등판에서 던진 공', 이런 식으로 기록을 남기는 거죠. 그렇게 인증을 받은 공만이 공식 기록구가 됩니다.

배리 본즈가 통산 홈런 기록을 깰 당시에도 투수가 던질 공에 MLB 스티커를 미리 붙여놓았습니다. 관중석으로 공이 넘어갔을 때 어떤 공이 진짜인지 모를 수도 있고, 위조를 할 수도 있기 때문이죠. 그렇기 때문에 기록을 달성할 가능성이 큰 순간에는 미리 공에다 스티커로 표시를 해둡니다.

류현진 선수도 이렇게 엄격하게 인증을 하고 챙겨주는 것을 신기해하더군요. 나중에 의미 있는 공들을 경매에 부칠 때도 MLB 공식 인증 스티커가 없으면 인정받지 못합니다. 이렇게 작은 부분에서도 MLB는 철저한 면이 있습니다. 그 기록원은 경기에서 두 가지 역할을 합니다. 볼보이가 심판에게 주는 공이 MLB 공식구인지 확인하고, 의미 있는 공에 MLB 스티커를 붙이고 기록을 남기는 것이죠.

027

조시 베켓의 조언

세인트루이스 카디널스와의 내셔널리그 챔피언십시리즈 때 조시 베켓 선수는 경기에 나가지는 못했지만 함께 있었습니다. 베켓은 류현진 선수가 어려서부터 좋아하던 투수였다고 하더군요. 그런데 베켓이 경기 전날 현진이에게 이런 이야기를 했습니다.

"포스트시즌은 준비하는 게 조금 다르다. 본인이 잘하는 것에만 집중해야 한다. 그리고 경기가 언제 끝날지 모른다. 정규시즌에는 6회 정도까지, 혹은 투수를 아끼기 위해 조금 더 던지는 경우도 있지만, 포스트시즌은 공 하나하나에 집중해서 던지지 않으면 빨리 끝날 수 있다. 넌 1년 동안 굉장히 잘해왔고 잘될 때는 계속 잘하는 경향이 있으니, 네가 잘하는 것만 계속 던져라. 상대방은 그때나 지금이나 똑같은 팀이니까. 장점에만 집중해서 던지면 문제없을 거다."

메이저리그를 호령하던 엄청난 투수였지만 부상으로 인해 최근에는 부진한 베켓이 팀을 위해, 그리고 올해 처음 메이저리그에서 뛰는 류현진 선수를 위해 따뜻하게 조언을 해주는 모습이 정말 고마웠습니다. 저 역시 베켓 선수에게 감사 인사를 전했습니다.

돌이켜보면 베켓의 조언이 꼭 야구경기에만 해당되는 것은 아닌 듯합니다. 사람들은 대부분 완벽해지는 방법이 단점을 없애는 것이라고 생각하는 경향이 있는데, 완벽한 인간이 불가능하다면 오히려 단점보다는 장점에 집중하는 것이 더 현명한 방법이 아닐까 생각합니다.

028

악수하자, 그리고 더 잘하자

경기가 끝나면 투수가 아무리 못 던졌다고 해도 다들 와서 악수를 해줍니다. 류현진 선수가 등판한 날 경기가 끝나면 돈 매팅리 감독이 와서 악수를 청하는데, 이 악수는 끝났다는 의미입니다. 잘 던진 날은 칭찬을 해주고 못 던진 날은 다음에 잘하라고 말해줍니다. 이때 인상적인 것이 누구도 절대로 부정적으로 말하지 않는다는 점입니다.

코치와 함께 설정샷

다저스타디움을 방문한
가수 싸이와 함께

슈퍼스타 류현진

MLB 규칙상 경기가 끝나면 감독은 기자회견실에서 그 경기에 관해 인터뷰를 해야 합니다. 선수들은 자기 라커 앞에서 인터뷰를 하죠. 특히 선발투수들은 기자들 앞에서 질문을 받아야 하는데, 이때도 장소는 역시 라커룸입니다.

그런데 류현진 선수의 경우에는 한국 기자들이 너무 많이 오기 때문에, 커쇼나 주변 선수들이 옷을 갈아입지 못하는 상황이 벌어집니다. 그래서 류현진 선수는 처음부터 미디어룸에서 인터뷰를 하게 됐습니다. 처음에는 현진이를 취재하려는 미국 기자들이 별로 없었습니다. 그러나 시즌이 진행되고 현진이가 점점 좋은 성적을 내자, 처음에는 LA 지역 신문에서만 류현진의 이름이 언급되다가 ESPN, USA TODAY 등 전국적인 언론이 주목하기 시작했습니다. 참 뿌듯한 순간이었죠.

마케팅을 전공했고 미국 문화를 잘 아는 저는 선수 인터뷰에서 류현진 선수의 이미지 상승을 위해 현진이에게 이런저런 조언을 해주기도 했습니다. 인터뷰 요청이 워낙 많이 들어와서 모두 응할 수가 없었는데, 제가 판단하기에 류현진 선수의 현재와 미래에 도움이 될 만한 언론사나 매체와의 인터뷰는 현진이를 설득해 취재할 수 있도록 연결했습니다.

팀 동료들과 장난 또 장난

1 맷 켐프와 탁구 한판
2 비행기를 타기 전 동료들과

현진이는 영어를 잘한다

미국 진출 6개월 만에 영어를 잘하게 되었다고 하면, 영어를 모국어로 쓰거나 유창하게 하는 사람들에게 실례가 되겠죠. 제가 언론에 현진이가 영어를 잘한다고 한 것은 처음 미국에 왔을 때에 비해 발전했다는 의미입니다.

처음 미국에 왔을 때 현진이가 영어를 잘 못하긴 했지만, 제가 옆에서 가르쳐주고 통역도 해주고 무엇보다 팀 내에서 자기만 영어를 못하는 것이 아니라 히스패닉계 선수들도 마찬가지라는 것을 알고 나서 자신감을 갖더군요. 그리고 영어를 못한다고 놀리거나 무시하는 분위기가 아니라는 것을 알고는 더 힘을 냈습니다. 팀 내에서도 현진이와 이야기를 나누며 알아가고 싶은데 의사소통이 쉽지 않으니 안타까워했죠. 현진이도 다른 선수들과 더욱 친해지기 위해서 영어를 빨리 배우려고 많이 노력했습니다. 그때부터 말이 잘 안 통해도 손짓으로도 의사표시를 하고자 애쓰기도 했고요.

이러한 현진이의 노력과 하고자 하는 마음을 봤을 때, 저는 현진이가 영어를 잘한다고 생각합니다. 언어는 쓰면 쓸수록 발전하기 마련이니까요.

루키 신고식 날 팀 선배들이 입혀준 의상

031

류현진의 별명은 코리안 몬스터가 아니다

류현진 선수의 별명으로 '코리안 몬스터'가 가장 많이 쓰이고 있습니다. 시즌이 시작되고 팀 내부적으로 '코리안 몬스터'라는 별명에 대해 미팅이 있었습니다. 이 별명을 살릴 것인가, 바꿀 것인가 하는 문제로 마케팅 회의를 했죠.

류현진 선수가 실제로 한국에서 '괴물'이라고 불렸고 강렬하다는 의미에서 그런 별명을 붙여준 것이었겠지만, 미국에서는 '몬스터'라는 말의 뉘앙스가 그리 좋지 않습니다. 또한 루키 선수가 처음부터 별명을 갖고 시작하는 것은 건방져 보일 수도 있다고 판단했습니다.

또다른 이유는 샌프란시스코 자이언츠의 투수 팀 린스컴의 별명 때문이었습니다. 린스컴의 별명이 '프릭freak'이었는데, 그 의미가 몬스터와 비슷합니다. 그래서 라이벌 팀의 선수 별명을 따라하는 것 아니냐는 의견이 있었습니다. 결국 미국에서는 공식적으로 류현진 선수를 지칭할 때 '코리안 몬스터'라는 별명을 사용하지 않았습니다. 한국 언론에서는 계속 사용하고 있지만요.

늘 고마운 포수 A.J. 엘리스

032

조용한 파이터, 류현진

류현진 선수는 조용히 싸우는 스타일입니다. 악착같은 면이 있으면서도 표현을 잘 하지 않습니다. 올 시즌 현진이가 마운드에서 강하게 감정을 드러내는 모습을 본 것은 단 한 번, 마지막 등판인 내셔널리그 챔피언십시리즈 3차전 세인트루이스 카디널스와의 경기 때였습니다.

7회에 감독과 함께 마운드에 올라갔을 때 류현진 선수는 내려오기 싫어했습니다. 감독이 마운드에 올라가면서 제게 그러더군요. "두 가지만 전달해줘. 우선 팔 상태가 어떤지 묻고, 두 번째는 마지막 타자니까 꼭 잡으라고 해." 감독의 말을 듣고 포수인 A. J. 엘리스가 제게 말했습니다. "그거 통역하지 마." 그러고는 감독에게 말했습니다. "왜 투수에게 마지막 타자라고 이야기합니까? 마지막이라고 말하는 건 투수에게 도움이 안 됩니다. 그냥 이번 타자에게 최선을 다하라고만 하면 되죠." 그때 저는 처음으로 감독이 아닌 포수의 말을 들었습니다.

감독 입장에서는 기분이 나쁠 수도 있는 상황이었지만, 매팅리 감독은 늘 류현진 선수와 함께하는 포수를 믿었습니다. 저 역시 그 상황에서 포수의 말에 공감했기 때문에 현진이에게 말했습니다.

"현진아, 팔 어떠니? 이번 타자 꼭 잡아야 돼, 꼭 잡아!"
저도 그 분위기에 도취되어 파이팅 넘치게 말을 했습니다. 그러고 나서 류현진 선수는 마지막 타자를 삼진으로 잡아냈죠. 그때 처음으로 현진이가 기쁨의 세러머니를 하더군요. 포수 A. J. 엘리스도 놀랐고, 덕아웃에 있던 잭 그레인키 선수도 "어? 현진이 저러는 거 처음 봤다, 마운드에서 감정을 보이다니!"라고 하더군요.

현진이도 그 상황에서 정말 이기고 싶은 맘이 강했기 때문에 감정을 드러낸 것이죠. 덕아웃에 들어온 현진이에게 방금 전 마운드 상황을 자세히 말해줬습니다. 현진이도 포수의 말에 공감하고 고마워하더군요. 투수에게 마지막 타자라는 말은 상처가 될 수 있으니까요.

경기가 끝난 후 포수 엘리스가 제게 아까 상황은 현진이가 기분 나쁠 수 있으니 전하지 말라고 하더군요. 투수의 기분까지 섬세하게 배려하는 포수의 마음이 느껴져 A. J. 엘리스는 정말 훌륭한 포수구나, 하고 생각했습니다.

류현진의 비행기 공포증

원정 경기를 다닐 때 현진이는 비행기를 타면 무서워하는 편입니다. 덩치로는 다른 메이저리그 선수들에 결코 뒤지지 않는데도요. 콜로라도 쪽에 로키 산맥이 있어 그 지역을 지날 때면 비행기가 항상 흔들립니다. 한국과 미국을 오갈 때는 고도가 높아서 비행기 흔들림이 많지 않은데, 미국 내 원정을 다닐 때는 기상 변화에 따라 비행기가 엄청 흔들립니다. 그럴 때면 현진이가 고소공포증이 있는지 많이 무서워합니다.

지난 5월, 팀 성적이 안 좋아서 모두 힘들어할 때였습니다. 성적이 안 좋을 때는 보통 숙소 분위기도 조용하고, 나가서 술을 먹거나 하면 팀 규칙에 따라 엄하게 처벌을 받습니다. 그즈음 원정에서 LA로 돌아오는 비행기가 엄청 흔들렸습니다. 그러자 선수들이 큰 목소리로 "알았어, 우리 잘할게! 정말 잘할 테니 우리 죽이지 마!" 하고 외쳐서 모두들 웃었던 기억이 납니다.

신시내티 레즈 홈 구장

적응의 어려움

선수들이 원정 경기를 치르러 가는 길은 상당히 힘듭니다. 한 나라 안이지만 거리가 엄청나고 무엇보다 시차가 있으니까요. 처음에 류현진 선수는 원정 이동이 큰 문제라고 생각하지 않았습니다. 그런데 첫 원정길이었던 볼티모어 오리올스 경기 때부터 시차가 문제였습니다. 잠, 식사 시간 등 크고 작은 것들에서 적응이 쉽지 않았던 거죠.

팀 내에서 시차 적응을 얼마나 중요하게 생각하는가 하면, 동부 원정길의 경우 3연전의 첫 선발투수를 하루 전날 그곳으로 먼저 보내 시차 적응을 하게 할 정도입니다. 다행히 현진이는 올 시즌 그런 상황을 맞지는 않았습니다. 두세 차례 있을 뻔했는데, 원정 3연전에서 첫 선발투수로 등판한 적은 없었네요.

한 시즌을 치르면서 노하우는 점점 쌓이지만 반대로 체력적으로는 점점 지칠 수밖에 없는데, 올해 겪은 많은 경험이 류현진 선수에게는 큰 공부가 되고 도움이 됐을 겁니다. 그래서 내년 시즌이 더욱 기대됩니다. 경험치 획득으로 업그레이드된 류현진의 내년 시즌이!

1 밀워키 브루어스 홈 구장인 밀러 파크
2 뉴욕 메츠의 홈 구장인 씨티 필드
3 뉴욕 양키스 홈 구장인 양키스타디움
4 샌디에이고 파드리스 홈 구장인 펫코 파크
5 피츠버그 파이어리츠 홈 구장인 PNC 파크
6 마이애미 말린스 홈 구장인 말린스 파크.
　개폐식 돔구장이다.

035

류현진 선수는 한국 야구를 즐겨 본다

류현진 선수는 미국에서도 한국 야구에 많은 관심을 쏟습니다. 소속팀이었던 한화 이글스의 경기뿐 아니라 친하게 지낸 선수들의 경기도 하이라이트로 꼭꼭 챙겨 봅니다.

우리가 LA에서 아침에 일어나면 시차상 한국 야구 경기들이 끝났을 시점이라, 류현진 선수가 눈을 뜨면 가장 먼저 하는 일이 스마트폰으로 그날의 한국 야구 하이라이트를 보는 것입니다. "아, 왜 저래?" 하고 혼잣말을 하면서 웃기도 하고, 친한 선수들에게 바로 전화를 걸기도 합니다.

제가 한번은 현진이에게 "너는 이제 메이저리거인데 왜 계속 한국 야구를 보니?" 하고 물었는데, 현진이가 오히려 메이저리그에 오고 나니 한국 야구가 더 재미있게 느껴진다고 하더군요.

036

박찬호 선수 영향이
류현진 선수에게 도움이 됐나

LA 다저스에 몸담았던 박찬호 선수가 류현진 선수에게 미친 영향은 꽤 컸습니다. 류현진 선수가 처음 다저스 구단에 들어왔을 때 현지 언론에서 가장 많이 언급되었던 이름이 바로 박찬호 선수와 페르난도 발렌수엘라 선수였습니다. 1980년 LA 다저스에 입단했던 페르난도 발렌수엘라는 류현진과 같은 왼손 투수에 덩치도 비슷하고 멕시코에서 메이저리그로 진출했다는 점 등 비슷한 부분이 많았습니다.

박찬호 선수 덕분에 LA 다저스 구단이 한국 팬들에게도 널리 알려지기도 했고, 류현진 선수가 LA 다저스에 입단하는 것도 상당히 자연스럽게 보였습니다. 현지 기자들도 류현진 선수에게 "박찬호 선수가 뛰었던 팀에 들어오니 어떤가"라는 질문을 굉장히 많이 했습니다. 류현진 선수는 "어린 시절 자신뿐만 아니라 거의 모든 유소년 야구선수들이 박찬호 선수를 보고 자랐다. 박찬호 선수가 몸담았던 팀에서 뛰게 되어 영광이고, 박찬호 선수의 기록을 깨고 싶다"라고 이야기했습니다.

밀워키의 하나뿐인
한식당이 문을 닫아서
슬퍼하는 현진이

037

현진이의 식생활

사람들은 류현진 선수가 굉장히 많이 먹을 거라고 생각하겠지만, 의외로 덩치에 비해 그리 많이 먹는 편은 아닙니다. 그보다는 자주 먹고 음식을 즐기는 스타일입니다. 현진이는 워낙 한식을 좋아합니다. 저는 한국음식도 물론 좋지만 미국음식이 익숙하고 좋습니다. 원정 경기를 갔을 때 제가 가장 먼저 하는 일이 한국식당을 알아보는 것입니다. 한인식당이 없으면 일식이나 중식 등 비슷한 곳이라도 찾아야 했습니다. 잘 먹어야만 힘을 내서 좋은 공을 던질 수 있으니까요. 류현진 선수는 특히 고기를 좋아하고 그 덕분에 저도 고기를 많이 먹고 있습니다.

선수들은 항상 많이 먹습니다. 배고파서가 아니라 운동을 그만큼 많이 하니까 에너지가 필요한 거죠. 현진이는 집에서 아침식사를 하고, 야구장에 와서 운동 시작 전 가볍게 먹고, 경기 전에 저녁식사를 하고 경기가 끝난 후 집에 가서 밥을 또 먹습니다. 신기한 것은 등판하는 날은 밥을 잘 안 먹는다는 점입니다. 몸이 가벼운 상태에서 던지는 것이 좋다고 하더군요. 대신 아침은 꼭 한식으로 먹고요.

현진이와 함께 있으면 식사를 따로 할 수 없어서 제가 맞춰줘야 하는데, 그 점이 조금 어려웠습니다. 특히 등판하는 날은 더욱 예민해지기 때문에 현진이의 말을 더욱 잘 들어줘야 합니다.

각자 좋아하는 메뉴를 따로 주문할 수가 없어서 가끔은 제가 좋아하는 음식을 현진이가 같이 먹기도 했습니다. 이 일을 하면서 결심한 것이 제가 갖고 있는 모든 능력을 활용해 선수를 편안하게 만들어주자는 것이었습니다. 그래야만 선수가 경기에서 최상의 결과를 얻어낼 수 있으니까요. 현진이가 잘 던질 수 있도록 지원하는 것이 제 목표였습니다.

038

팬들이 보내주는 선물

류현진 선수가 워낙 유명하다보니 한국의 팬들이 다저스 구단으로 보내는 선물이 엄청 많습니다. 하루 평균 15통이 넘는 편지와 사진, 다양한 선물들이 옵니다. 틈틈이 현진이와 같이 열어보며 즐거운 시간을 보냅니다.

한번은 클럽하우스에 왔는데 아주 이상한 냄새가 진동하고 있었습니다. 모두들 이게 무슨 냄새냐며 궁금해했죠. 편지나 선물이 오면 보통 개인 라커 앞에 우편물을 갖다 놓는데, 현진이의 라커 앞에 큰 박스가 있었습니다. 팀 규칙상 선수들은 박스나 우편물을 직접 개봉하지 못합니다. 뜯다가 손톱이나 손가락에 상처가 생길 수 있고, 그러면 바로 경기에 영향이 미칠 테니까요. 그만큼 철저하게 관리가 이뤄집니다. 직원들이 우편물을 대신 뜯어주는데, 현진이의 것은 제가 열어보았습니다.

박스를 개봉하고 포장지를 뜯을수록 냄새는 점점 더 심해졌습니다. 다 뜯고 보니 선물은 바로 김치였습니다. 배송 중에 내부 포장이 파손된 거였죠. 선수들이 주변에 우르르 모여들어 이게 뭐냐고 물으며 엄청 놀라더군요. 팬 여러분이 떡이나 김치 등 한국음식을 많이 보내주는데, 규칙상 음식물은 먹지 못하고 전부 버릴 수밖에 없습니다. 그러니 먹거리 선물은 자제해주시길 부탁드립니다.

현진이의 광고 촬영 현장

현진이가 동료들에게 준 선물

류현진 선수가 올 시즌 LA 다저스 동료 선수 전원에게 두 가지 선물을 했습니다. 첫 번째는 현진이가 늘 걸고 다니는, 등번호와 이름인 '99 RYU'가 새겨진 목걸이입니다. 그것을 보고 팀 동료들이 굉장히 신기해했습니다. 한국 프로야구에서는 선수들이 흔히 착용하는 목걸이인데 메이저리그에는 그런 아이템이 없었던 거죠.

현진이가 목걸이 업체 사장님과 친해서 이런 상황을 전했더니, 다저스 선수 각각의 등번호와 이름이 적힌 목걸이를 제작해 보내주서서 현진이가 팀 동료들에게 모두 선물했죠. 다들 목걸이를 착용한 그날 경기도 이겨서 더더욱 기뻤던 기억이 납니다. 선수들이 얼마나 좋아하던지 시즌 끝날 때까지 계속 착용하고 있더군요.

두 번째는 연습용 글러브입니다. 알록달록한 색상에 이름 이니셜이 새겨진 글러브인데, 팀 동료들이 이 연습용 글러브를 보고 탐을 내며 자기도 해달라고 부탁을 하더군요. 이번에도 글러브 업체 사장님과 친분이 있던 현진이가 다저스 투수 전원에게 이 연습용 글러브를 선물했습니다.

이런 일을 겪고 나서 선수들이 제게 가끔 묻더군요. 현진이가 한국에서 얼마나 유명하냐고요. 그런 질문을 받을 때면 아주 조심스럽습니다. 건방지지 않게, 겸손하면서도 현진이가 무시당하지 않게 대답을 잘해야 하니까요. 제가 커쇼 앞에서 "현진이는 한국의 에이스야"라고 말하긴 좀 그렇죠. 그래서 "현진이가 성격도 좋고 한국에서 야구도 오래했고 친구도 많은 것 같다. 내가 보기엔 추신수 선수와 더불어 톱스타인 것 같다"라고 했습니다.

팀 동료들에게 소중한 두 가지 선물을 하고 난 후 현진이는 선수들에게 더욱 사랑받는 선수가 됐습니다.

밥은 내가 살게, 후식은 형이 사

4월 중순, 첫 원정길에 올랐을 때 현진이와 나 사이에 한 가지 규칙을 만들었습니다. 같이 식사할 때면 현진이가 밥을 사고 제가 후식을 사는 것으로요. 아무리 현진이가 돈을 훨씬 많이 번다고는 하지만 내가 형인데, 하는 생각은 들었습니다. 그런데 제가 밥을 자주 사면 감당하기가 좀 벅차겠더라고요. 그래서 현진이가 이렇게 제안하더군요.

"형, 이렇게 하자. 우리가 앞으로 계속 다닐 테니까 내가 밥을 살게. 형이 디저트나 커피를 사는 걸로 하자."

저도 흔쾌히 좋다고 했습니다. 형인 저의 자존심을 지켜주면서도 금전적인 부분을 해결해준 현진이가 고마웠습니다. 이렇게 시즌을 치르면서 크고 작은 일들이 있을 때마다 서로 배려해주었기 때문에 아무 탈 없이 올 시즌을 잘 치를 수 있었던 것 같습니다.

샌프란시스코에서 곤잘레스,
크루즈와 함께 식사하며

콜로라도에서
유리베와 갈비 파티

과연 누가 음식값을 낼까

선수들의 연봉은 공개되기 때문에 누가 몸값이 얼마인지 다들 잘 압니다. 그래서 더 많이 버는 선수가 연봉을 덜 받는 사람에게 쏘는 것이 일반적입니다. 그러나 아드리안 곤잘레스의 경우 리더십이 남달라 본인이 편안하게 내는 편입니다.

한번은 현진이가 한국음식을 곤잘레스에게 대접한 적이 있었는데, 곤잘레스가 현진이에게 "네가 밥값을 내는 것은 오늘이 마지막일 거다"라고 말하더군요. 그후 현진이의 가족과 곤잘레스 가족이 다 같이 식사를 한 적이 있습니다. 곤잘레스가 밥값을 내려고 하자, 현진이가 본인이 사려고 하면 곤잘레스가 못하게 할 것 같기에 아버지한테 "아빠가 내는 척하세요"라고 하더군요. 그러면 곤잘레스도 거절하지 못할 테니까요.

푸이그와는 번갈아 가면서 밥을 사고, 유리베와 식사를 할 때는 유리베가 항상 밥값을 냅니다. 현진이가 팀 내에서 인기가 좋기에 다른 선수들이 같이 식사하자고 청하는 경우가 많습니다.

LA 다저스 홈 구장 웨이트 트레이닝룸

류현진의 자기관리

스프링캠프 초반에 류현진 선수의 몸 상태를 보고 구단에서 코칭스태프나 트레이너들이 걱정한 것은 사실입니다. 비싼 돈을 주고 영입한 선수가 몸 상태가 좋지 않으면 당연히 걱정이 들겠죠. 그러나 시즌이 끝나기 얼마 전, 트레이너가 제게 말했습니다.

"처음 류현진을 봤을 때 이렇게 열심히 운동할 줄 몰랐다. 훈련 스케줄도 안 빠지고 시키지 않아도 스스로 모든 훈련을 다 하는 것에 놀랐다."

류현진 선수는 등판하기 전날은 운동장에 가서 훈련하고 자신의 루틴을 한 번도 깨지 않고 철저하게 지켰습니다. 선발투수들이 대개 5일 간격으로 등판을 하는데, 경기가 없는 나머지 4일 동안 안 보이는 곳에서 몸을 만들고 치열하게 노력하는 모습을 옆에서 볼 때면 경이롭기까지 했습니다.

신시내티에서 추형과 함께

추형, 추신수

제가 추신수 선수를 처음 만난 것은 작년 초였습니다. 친한 에이전트 형을 통해서였죠. 류현진 선수와 추신수 선수의 성격은 흑과 백, 완전히 반대입니다. 추신수 선수는 일찍부터 한 가정의 가장이어서 그런지 저보다 나이는 어리지만 굉장히 어른스럽습니다. 마이너리그에서부터 힘들게 고생을 했기에 자신에게 주어진 기회를 감사히 생각하고 열심히 노력해서 이겨내려고 최선을 다하는 멋진 사람입니다.

신시내티와 LA에서 추신수 선수와 식사도 몇 번 같이하고 친해졌지만, 이름으로 부르지는 못하겠더라고요. 제가 류현진, 윤석민 선수에게는 편하게 "현진아" "석민아" 하고 부르지만, 추신수 선수한테는 그게 되지 않았습니다.

그래서 솔직하게 "추 선수, 내가 편하게 해주고 싶은데 말을 못 놓겠어요" 하고 말하자 추신수 선수는 "형님, 그냥 편하게 하세요"라고 하더군요. 그래서 제가 별칭을 하나 지어주겠다고 했습니다. '추형'이라고요. 그후 나이는 어리지만 듬직한 그를 저는 '추형'이라 부릅니다.

현진이 덕분에 추형과도 더욱 친해졌고, 신시내티로 원정 경기를 갔을 때는

Go~ Go~ Choo!

추형이 우리를 집으로 초대해서 고기를 구워먹으며 아주 즐거운 시간을 보냈습니다. 현진이도 추신수 선수를 '형'이라 부르면서 의지도 많이 하고, 서로 좋은 성적을 낸 날에는 전화해서 축하해주고 아낌없이 격려도 합니다.

제가 추형에게 매우 깊은 인상을 받은 적이 있습니다. 한번은 셋이서 함께 식사를 하는데 추형이 현진이에게 그러더군요.

"현진아, 너 진짜 감사하게 생각해야 한다. 마틴 형 같은 사람 없어. 내가 마이너리그 있을 때 통역 때문에 정말 힘들었거든. 내 옆에 마틴 형 같은 사람이 있었다면 메이저리그에 더 일찍 올라왔을 거야."

그 말을 옆에서 듣고 있노라니 민망했지만 현진이 옆에서 고생한 보람이 있

추신수 선수와 함께라면
언제나 즐겁다

구나 싶어서 고맙기도 했고, 또 그 갖은 고생을 묵묵히 이겨내고 지금의 위치까지 오른 추형이 새삼 정말 대단해 보였습니다. LA 다저스에 입사하기 전부터 저는 추신수 선수의 팬이었습니다. 존경하고 좋아하는 선수가 저에 대해 그런 말을 해주니 굉장히 큰 힘이 됐습니다.

잘하는 선수는 다 이렇게 잘하는 이유가 있는 것 같습니다. 추형, 앞으로 더욱 훌륭한 선수로서 메이저리그 역사에 남아주길 바랍니다. 이번 FA 계약도 대박나세요!

류현진 – 추신수 맞대결!

류현진과 추신수의 역사적인 맞대결

류현진 선수와 추신수 선수의 맞대결 경기 전, 계속된 경기로 피로가 누적된 추신수 선수에게 팀 감독은 쉬는 게 어떻겠느냐고 했답니다. 그러나 경기장을 찾은 한국 관중들, 한국 언론의 관심, 한국에서 이 경기를 간절히 기다리는 팬들을 실망시킬 수 없어 추신수 선수는 출전하겠다고 마음먹었죠.

류현진 선수가 등판할 때면 아리랑이 가미된 노래가 흘러나옵니다. 두 선수의 맞대결이 있던 그날은 구장 관계자에게 평소보다 좀 더 일찍 좀 더 크게 노래를 틀어달라고 했습니다. 다저스타디움에 아리랑이 울려퍼지는데 저도 모르게 가슴 뭉클해졌습니다. 관중석에서는 한국인 할아버지 한 분이 눈물을 흘리시기도 했습니다.

경기가 시작되니 고민이 들더군요. 현진이가 이기는 게 좋을까, 신수가 이기는 게 좋을까? 첫 타석은 현진이가 이기기를 바랐습니다. 현진이 스타일이 스타트가 좋으면 그날 경기 내내 좋은 분위기를 유지하는 편이니까요.

선수가 한 명 한 명 소개될 때, 류현진과 추신수에게 기자들의 플래시가 집중됐습니다. 덕아웃에 있던 선수들이 제게 "도대체 왜 이렇게 열광적인 거

냐?"고 묻는데, 저는 "너희는 이걸 설명해도 잘 모를 거야" 라는 말로 대답을
대신했습니다. 그 순간 모든 것이 슬로모션처럼, 정지된 것처럼 보이더군요.

그날의 맞대결에서 류현진 선수는 추신수 선수에게 첫 타석 볼넷을 내주었
지만, 두 번째 타석에서는 내야 땅볼, 세 번째 타석에서는 삼진을 잡아냈습니
다. 추신수 선수가 첫 타석에서 볼넷을 골라낸 공은 포수가 저에게 줘서 간
직하고 있습니다. 코리안 빅리거들의 역사적인 첫 맞대결 공이기에 저에게
는 무척 소중한 의미를 지닙니다.

다저스타디움에 애국가가 울려퍼지던 날

애리조나 스프링캠프 때 추신수 선수도 우리와 함께 있었습니다. 클리블랜드 인디언스에서 신시내티 레즈로 트레이드된 것도 알고 있었죠. 제가 그날 바로 숙소로 가서 확인해보니 LA 다저스와 신시내티 레즈는 7월 말에 맞대결이 예정되어 있었습니다. 다저스 마케팅팀 전원에게 이메일을 바로 보냈습니다. 신시내티 레즈와 LA 다저스의 첫 시리즈 마케팅은 모두 제가 기획하고 관리하겠다고요. 이날 류현진, 추신수 선수의 맞대결이 있으면 경기 매진은 확실하다고 믿었죠.

그때부터 '코리아 데이'를 준비했습니다. 류현진 선수가 마운드에 오르고 추신수 선수가 1번 타자로 들어설 것을 상상하니 꿈만 같더라고요. 메인 스폰서를 기획하고 한국의 인기 아이돌 가수를 섭외하고 태권도 시범 무대도 마련했습니다. 그리고 경기 전 애국가도 나오게 했죠. 원칙적으로 다른 나라 국가는 연주되지 못하지만, 그날은 사람들을 설득했습니다.

'코리아 데이'는 7월 28일로 잡혔습니다. 그 전날은 제 가장 친한 친구의 결혼식이기도 했습니다. 제가 류현진 선수의 통역을 처음 맡던 날, 1년 모든 날을 비워놓고 현진이 스케줄에 따르겠지만 7월 27일은 베스트 프렌드의 결혼

코리아 데이 때 자랑스러운 한국인 메이저리거들과 소녀시대가 함께

애국가를 열창하는 가수 태연

1 코리안 데이 행사 모습
2 언제나 밝고 긍정적인 추신수

식이고 내가 들러리를 서야 하기 때문에 이날만은 양해해달라고 할 정도였죠. 단장도 오케이했습니다. 그런데 결국 코리아 데이 준비로 인해 어쩔 수 없이 결혼식에 참석하지 못했습니다. 다행히 친구도 제 상황을 이해해주고 멋지게 준비하라고 하더군요.

드디어 7월 28일, '코리아 데이' 행사가 열렸습니다. 경기장 가운데서 태권도 시범 무대를 선보였고, 경기 시작 전 대형 태극기가 야구장에 펼쳐지면서 한국의 인기 걸그룹 '소녀시대'의 태연 씨가 부르는 애국가가 다저스타디움에 울려퍼졌습니다. 제가 기획하고 머릿속으로만 상상했던 일이 이렇게 현실로 이루어지니, 말로 표현할 수 없이 벅차올랐습니다. 류현진 선수, 추신수 선수는 애국가가 나오자 덕아웃 앞으로 나와 모자를 벗고 가슴에 손을 얹었습니다. 그런데 그때 감독을 비롯해 모든 선수들도 덕아웃에서 나왔습니다. 같은 팀 선수 조국의 국가가 연주되니 예우해주는 것이었죠. 감동적이었습니다.

제가 준비한 행사가 멋지게 펼쳐지는 모습을 보니, 그동안 고생은 했지만 그만큼의 보람이 있다는 생각이 들었고, 무엇보다 만원 관중 앞에서 한국을 조금이나마 알린 것 같아 정말 뿌듯하고 기뻤습니다.

눈빛으로 승부하는 감독, 돈 매팅리

한국에서는 팀 감독이 선수와 어느 정도 거리가 있고 대하기 어려운 사람이라면, 미국에서는 그렇지 않습니다. 선수와 감독이 친구가 될 수 있죠.

마운드에 있는 투수 상태를 점검하러 매팅리 감독이 올라갈 때, 그는 선수에게서 더 싸우고 싶다는 투지 넘치는 눈빛을 보고 싶어합니다. 눈을 똑바로 쳐다보면서 지금 이 투수가 자신감이 있는지 더 싸우려는 의지가 있는지를 점검합니다.

그러나 류현진 선수는 한국 문화에 익숙해 있어서 이야기를 할 때 윗사람의 눈을 똑바로 쳐다보지 않았습니다. 매팅리 감독이 처음 현진이에게 "더 던질 수 있느냐?"고 물어보자 현진이는 예의상 "좋으실 대로 하세요"라고 대답했습니다. 더 던질 수도 있고 아닐 수도 있는데 감독 뜻에 따르겠다는 거죠. 그런데 매팅리 감독 스타일을 잘 아는 제가 이 말을 그대로 전하면 현진이를 자신감 없는 선수로 생각할까봐 순간 걱정이 들었습니다. 분명 현진이는 더 던지고 싶어하는 눈치였는데, 감독이 아닌 제 눈을 보고 얘기했습니다.

마운드에서 내려온 후 매팅리 감독이 덕아웃에서 제게 그러더군요.
"류현진의 눈을 보고 의욕을 보고 싶은데, 왜 내 눈을 바라보지 않지?"
제가 한국에서는 어른의 눈을 빤히 쳐다보며 얘기하지 않기 때문에 예의상
그런 것 같다고 대답하니, 매팅리 감독이 이렇게 말했습니다. "나는 투수 교
체를 할 때 선수의 눈을 보고 더 던질 수 있는지 여부를 판단하니, 앞으로는
내 눈을 똑바로 보면서 얘기하라고 해."

그래서 현진이에게 이렇게 전달했습니다. "현진아, 감독이 마운드에 올라갔을
때 네가 더 던지고 싶으면 감독 눈을 똑바로 쳐다보면서 'I'm ok, I'm good!' 하
고 자신 있게 말해." 더이상 던지기 힘들 때에도 솔직하게 얘기해서 감독을
설득하면 된다고요. 그다음부터는 더 던지고 싶을 때 류현진 선수의 눈에서
레이저빔이 나오더군요.

LA 다저스의 슈퍼 에이스, 클레이튼 커쇼

현진이의 도우미, 클레이튼 커쇼

라커룸에서 선수 각자의 라커 자리는 구단에서 정해주는데, 보통 베테랑이나 주요 선수들에게 코너 자리를 내줍니다. 넓고 편하기 때문에 배려하는 거죠. 하지만 LA 다저스의 슈퍼 에이스 클레이튼 커쇼의 라커는 류현진 선수 옆인 가운데 자리입니다. 현진이가 커쇼를 따라하면 성공할 수 있을 거라 생각했기에 팀에서 그런 결정을 내린 거죠. 물론 커쇼에게 먼저 물어봤다고 합니다. 나이도 비슷하고 같은 왼손 투수니까 현진이에게 조언도 해주고 도움을 줄 수 있겠느냐고요. 커쇼는 아주 흔쾌히 승낙했다고 합니다.

그래서 류현진 선수는 궁금한 것이 있을 때마다 "커쇼, 이것 좀 알려줘" 하면서 자주 물어보게 되었고, 두 선수가 서로 더욱 친해질 수 있었습니다.

048

다저스의 기둥,
후안 유리베

도미니카공화국 출신의 후안 유리베 선수는 성격이 정말 밝고 분위기 메이커여서 팀의 모든 선수들이 좋아합니다. 때로 한 선수가 다른 선수에게 잘못을 했을 때, 실수를 지적하며 사과를 요청하고 타이르는 역할을 맡는 것도 유리베입니다.

팀이 이동할 때면 3대의 버스가 움직이는데, 그중 선수들이 타는 버스에서 나오는 말과 행동은 절대 외부에 알려지면 안 됩니다. 코치에 대한 불평불만을 터놓기도 하고, 선수들 사이에 실수 지적도 오고가는 비밀스러운 선수들만의 공간이죠. 그 버스 안에서 저만 유일하게 선수가 아닌데, 선수들이 "마틴은 현진이의 귀니까 들어와도 된다"고 허락해줘서 탈 수 있게 되었습니다.

처음 현진이가 들어왔을 때 그 버스 안에서 루키

유리베가 베이스에서 발이 떨어져
아웃되는 실수를 저지른 날,
경기 후 동료 선수들이 신발을 붙여놓은
베이스 모형을 만들어 유리베의 라커 앞에
갖다놓고 장난을 쳤다.

리더, 후안 유리베

신고식을 했고, 일어나서 노래 부르라고 하고 곤란한 질문들도 던지고 그랬습니다. 한번은 맷 켐프 선수가 실수를 저지르자, 유리베가 팀원들 앞에서 잘못을 지적하고 사과를 요청했죠. 켐프도 "감히 내게!" 이러지 않고 잘못을 인정했으며, 그렇게 일은 잘 마무리됐습니다.

유리베는 류현진 선수에 대해 한 번도 안 좋은 감정이 든 적 없다고 말할 정도로 현진이에게 잘해줍니다. 덕아웃에서 장난도 함께 많이 치고 잘 받아주죠. 한번은 두 선수가 장난치다가 유리베가 조금 화난 듯한 모습을 보이자 언론에 기사화된 적이 있었는데, 유리베는 진짜 화났던 것이 아니라 그조차도 장난이었습니다. 주위 사람들에게 정말 잘하는 선수고, 제게도 잘해줍니다.

언젠가 현진이가 유리베 선수에게 비싼 신발을 사달라고 한 적이 있는데, 그 다음날 놀랍게도 제 것까지 사왔더군요. 돈의 액수를 떠나 옆 사람까지 따뜻하게 챙겨줄 줄 아는 그런 마음을 가졌습니다. 그래서 현진이는 유리베와 계속 같은 팀에서 뛰었으면 좋겠다고 자주 얘기합니다.

야구 실력과 인성을 모두 갖춘
아드리안 곤잘레스

선수들이 신뢰하는 곤조, 아드리안 곤잘레스

아드리안 곤잘레스는 처음으로 현진이에게 친절하게 먼저 다가온 선수입니다. 스프링캠프 전에 저랑 현진이가 밥을 먹고 있는데 곤잘레스가 다가와서 친근하게 말을 걸더라고요. 야구장이 넓기 때문에 선수들 간에도 잘 통하는 사람끼리만 같이 움직이는 경향이 있는데, 곤잘레스는 먼저 현진이에게 와서 야구 이야기는 하지 않고 이것저것 물었습니다. "무슨 음식을 좋아하냐?" "어디서 살 거냐?" 등 따뜻하게 관심을 보이더군요. 그 덕에 현진이도 처음 온 낯선 공간에서 긴장을 많이 했지만 금방 적응할 수 있었습니다.

아드리안 곤잘레스는 겸손하고 야구밖에 모르는 선수입니다. 류현진 선수와 밥도 자주 먹고 현진이 부모님과도 식사를 몇 번 했습니다. 책임감이 강하고 성실해서 동료 선수들 모두가 좋아하고 잘 따르는 선수입니다.

미워할 수없는 악동,
야시엘 푸이그

눈치 없는 개구쟁이, 야시엘 푸이그

올 시즌 초 팀 성적이 부진할 때, 쿠바 출신의 루키 야시엘 푸이그가 올라오면서부터 팀에 활력이 돌았습니다. 그는 에너지가 보통 사람의 서너 배쯤은 될 정도로 대단한 선수입니다. 푸이그가 잘 치고 열심히 하는 모습을 보면서 다른 선수들, 베테랑들은 우리도 밀릴 수 없다는 경쟁의식이 생겼죠. 그렇게 한 선수로 인해 팀 전체가 '열심히 하자'라는 모토를 내세우게 되었습니다.

푸이그의 단점은 눈치 없는 개구쟁이라는 겁니다. 언제 어디서든 장난을 심하게 칩니다. 좋게 보면 항상 밝게 행동하는 거지만, 나쁘게 본다면 분위기 파악을 못하고 장난친다는 게 문제죠.

현진이가 등판하는 날이었습니다. 선발 등판하는 투수는 아무도 건드리지 않는다는 것이 불문율인데, 푸이그가 평소대로 장난을 심하게 치는 겁니다. 한번은 현진이의 왼쪽 어깨를 깨물기도 했습니다. 현진이가 처음으로 제게 "푸이그한테 나 등판하는 날은 건들지 말아달라고 전해줘"라고 하더군요.

고민이 되더라고요. 제가 선수에게 직접 말하긴 좀 어려운 얘기여서 커쇼에게 얘기를 했습니다. 드러나지 않으면서 현진이에게 도움이 되는 것이 제 역

푸이그의 장난 또 장난

할이니까요. 커쇼는 에이스고 모든 팀원에게 존경받는 선수이기에, 푸이그의 잘못을 지적하는 것이 아니라 지나가듯이 웃으면서 이야기했습니다. "내가 지금 봤는데 푸이그가 현진이 어깨도 물고 장난을 심하게 치더라. 웃기지 않냐?" 이 말을 들은 커쇼가 깜짝 놀라며 진짜냐고 묻더군요. 그러면서 현진이가 물린 자국을 보고는 푸이그의 통역에게 가서 "푸이그가 몰라서 그러는 것 같던데 선발투수는 절대 건드리면 안 된다고 전해달라"고 말했습니다.

에너자이저 푸이그

이름이 잘못 인쇄된 유니폼(왼쪽)과
정상적인 유니폼(오른쪽)을 들고

MLB 이모저모

MLB 선수들은 유니폼을 몇 벌 지급받나?

구단에서는 각 선수에게 공식적으로는 홈 유니폼 2벌, 원정 유니폼 2벌을 지급합니다. 찢어지거나 못 쓰게 되면 다시 지급해줍니다. 선수가 개인적으로 필요한 경우라면 한두 벌씩은 그냥 주지만, 많이 필요할 때는 선수들도 구입을 합니다.

류현진, 커쇼, 그레인키 등 선수들의 글러브

메이저리그 선수들은 거의 모두 야구용품 업체에서 협찬을 받습니다. 선수들이 쓰는 상품을 업체에서 팔기도 하지만, 보통은 선수의 특성에 맞춰 주문 제작을 합니다.

재미있게도 류현진과 커쇼는 같은 업체의 글러브를 쓰는데, 커쇼의 경우는 몇 년 동안 글러브를 바꾸지 않았습니다. 류현진 선수는 전반기가 끝나고 글러브를 바꾸었고요.

메이저리그의 응원 문화

한국과 미국의 야구장 응원을 비교해보면 확실히 한국 야구의 응원이 훨씬 재밌고 역동적입니다. 미국팬들은 박수치고 소리지르는 정도지만, 한국 야구에서는 응원단이 따로 있고 함께 응원가를 부르며 힘차게 응원하죠.

물론 메이저리그에도 열혈 마니아 팬들이 있습니다. LA 다저스의 라이벌인 샌프란시스코 자이언츠의 팬들은 원정 경기 때 류현진 선수를 보며 야유를 하는 경우도 종종 있었습니다. 다행히 류현진 선수는 잘 못 알아듣고 뭐라고 한 거냐고 제게 물었는데, 이걸 꼭 통역할 필요가 있을까 싶어서 말을 안 해 줬습니다. 나중에 경기장에서 선수들에게 이 일을 얘기하니 모두 웃으면서 듣기 싫은 이야기를 그렇게 안 들을 수 있어서 좋겠다고 말하더군요.

경기 중에 간혹 선수들의 집중력을 흐트러뜨리기 위해 야유나 욕설을 하는 경우가 있습니다. LA 다저스의 에이스인 클레이튼 커쇼가 아무래도 타깃이 되는 경우가 많죠. 류현진 선수는 아직 팬들의 야유를 잘 못 알아듣기에 그럴 때는 오히려 다행입니다.

052

류현진 선수의 부모님

류현진 선수의 아버지는 굉장한 야구팬이십니다. 열정이 넘치시고 야구를 잘 아시죠. 현진이와 현진이의 형 그리고 아버지까지 세 부자는 정말 친구처럼 편하게 지냅니다. 아버지가 분위기 메이커 역할도 자처하십니다. 현진이의 어머니는 현진이가 잘 던졌을 때는 누구보다 기뻐하고 자랑스러워하십니다. 부진할 때는 가장 안타까워하시고 마음 아파하시는 것이 느껴집니다. 바로 어머니이니까요.

현진이의 부모님은 저를 처음부터 정말 따뜻하게 잘 대해주셨습니다. 늘 감사하게 생각하고 있습니다. 언제나 밥 먹으러 오라고 하시고 맛있는 음식을 차려주십니다. 어머니의 음식 솜씨가 정말 대단하시거든요. '집밥'이라는 게 있잖아요. 저도 보통 사먹다보니 사랑과 정성이 깃든 식사가 그리울 때가 있는데, 현진이 어머니께서 늘 아들처럼 잘 대해주셔서 깊이 감사합니다.

현진이의 성공은 이렇게 든든한 부모님과 형, 가족의 사랑과 정성이 함께했기에 가능했던 것이라고 생각합니다.

053

류현진의 형, 현수

현진이의 LA 다저스 입단이 결정된 후, 현진이의 친형 현수는 뉴욕에서 하던 일을 그만두고 LA로 왔습니다. 아무리 매니저나 통역이 있다고 해도 가족 중에 선수를 도와주고 보살피는 사람이 있어야 합니다. 현진이의 경우는 현수가 그 역할을 맡았지요.

현수는 동생인 현진이를 마음속 깊이 아끼고 사랑합니다. 항상 동생을 먼저 생각하고 현진이가 하고 싶은 것, 먹고 싶은 것, 입고 싶은 것 등을 챙겨주며, 운동으로 바쁜 동생을 대신해 거의 모든 일처리를 해줍니다.

제가 보기에 현진이가 올해 가장 친했던 친구는 형인 현수였습니다. 형이지만 현진이와 친구처럼 지낸 거죠. 누구보다 현진이를 걱정해주고 못 던지거나 잘 던질 때 현진이가 터놓고 대화하는 사람도 현수였습니다. 때론 부모님이 걱정하실까봐 못하는 말을 형에게 이야기하기도 하고요.

저도 올해 현수와 많이 친해졌습니다. 현진이와 저는 비즈니적인 관계이기도 하죠. 현진이는 선수고 저는 LA 다저스 직원이니까요. 하지만 저와 현수는 그런 관계가 아닙니다. 그래서 가끔 현진이와 힘든 일이 있을 때 현수한테 털어놓습니다. 그러면 현수는 저를 이해해주기도 하고, 중간에서 서로의 마음을 잘 풀어주기도 하죠.

제가 만약 올해 현진이의 성공을 위해 가장 희생한 사람에게 상을 줄 수 있다면, 친형 현수와 류현진 선수의 에이전트에게 줄 것 같습니다. 본인의 개인 생활을 희생하면서 동생인 현진이를 위해 애쓰는 현수를 보면서 저 역시 많은 것을 느끼고 배웠습니다.

PART 2

마틴김 Story

안녕하세요? 마틴 김입니다.

마틴, 야구와의 첫 만남

저는 아르헨티나에서 태어났습니다. 부모님이 한국에서 아르헨티나로 이민하신 후 그곳에서 누나와 제가 태어났죠. 그 당시에는 아르헨티나에 한국 교포들이 많지 않았습니다. 부모님은 굉장히 어려운 삶을 사셨습니다. 차별도 많이 당하셨고, 아버지가 억울한 일로 몇일 감옥에 가신 적도 있었고요. 그렇게 어려운 현실이었기에 한국 사람들끼리 더욱 똘똘 뭉치지 않았나 생각합니다.

제가 여덟 살 때 아버지는 한인회에서 일하셨습니다. 한국에서 아르헨티나에 온 분들을 도와주시기도 했고, 한국인들만의 커뮤니티를 만들어 서로 힘이 되고 도움을 주고받는 것을 어려서부터 보고 접했습니다. 이때부터 자연스레 사람 사이의 관계, 즉 나 혼자서는 무엇도 할 수 없고 사람들과 도움을 주고받아야만 함께 행복할 수 있다는 것을 배웠습니다.

어느 날 아버지가 제게 말씀하셨습니다. "마틴, 아빠랑 야구 보러 갈래?" 아르헨티나에서 스포츠 하면 축구입니다. 그만큼 축구가 사랑받는 나라죠. 그때 저는 야구가 어떤 운동인지 전혀 알지 못했습니다. 한국의 대학 야구팀이 남미팀을 상대로 친선 경기를 하는데, 그 경기가 아르헨티나에서 열렸던 모양입니다. 한인회에서 모두 한국팀을 응원하러 가는데 저도 데리고 가신 것이었죠.

어린 저의 눈에 비친 야구장은 굉장히 특이하고 이상한 모습이었습니다. 이제껏 축구장만 보다가, 다이아몬드 모양의 야구장과 방망이, 글러브 등 선수들이 들고 있는 장비들을 보니 정말 신기했습니다. 아버지가 경기를 보시면서 야구 규칙을 하나씩 설명해주셨습니다. 안타가 무엇인지, 스트라이크가 무엇인지, 이건 어떤 상황인지, 어떻게 점수가 나는지 등등을요.

그때 저도 모르게 야구의 매력에 빠졌습니다. 엄청 재밌는 게임이라는 생각이 들었습니다. 그때부터 야구에 호기심이 생겨 바로 그날 집에 오자마자 옷 만드는 일을 하시던 부모님께 부탁해서 제 나름대로 야구 유니폼을 만들었습니다. 양말도 길게 올려 신고요. 삼촌이 마침 야구 글러브를 갖고 있어서 벽에다 공을 던지며 혼자 캐치볼을 했습니다.

주변 사람들에게 나는 앞으로 축구가 아니라 야구를 할 거라고 이야기하면서, 인생에서 본격적으로 야구를 시작하게 되었습니다.

055

야구의 본고장 미국으로 가다

아르헨티나에서 자리 잡고 행복한 생활을 하던 어린 시절에 부모님께서는 우리 가족이 미국으로 가게 되었다고 말씀하셨습니다. 한국에 있을 때 선생님이셨던 부모님이 자식들의 교육 면에서 아르헨티나보다는 미국의 환경이 더 좋다고 판단하셔서 어렵게 결정하신 것이었죠. 무엇보다 자식들의 교육을 최우선적으로 생각하셨기에 다시 낯선 미국으로 떠나게 되었습니다.

그 당시 저는 열 살이었는데, 어린 마음에 왜 편하게 살고 있는 이곳을 떠나 미국으로 가야 하느냐고, 싫다고 부모님께 이야기했습니다. 부모님의 뜻을 미처 알지 못했지요. 그런데 아버지가 "너 미국 가면 야구 마음껏 할 수 있다"고 하시자 미국에 가도 좋겠다는 생각이 들었습니다. 결국 그해 8월 말에 우리 가족은 필라델피아로 이사를 했고, 저는 9월 초 야구 리틀리그에 들어갔습니다. 시기가 잘 맞았고, 필라델피아에 계신 큰아버지의 아들 셋도 리틀리그에서 있었습니다. 그래서 사촌들을 따라가 자연스레 테스트를 거쳐 야구팀에 들어가게 되었습니다.

혼자서 캐치볼만 하다가 처음 단체로 야구를 하니 굉장히 기뻤습니다. 그때부터 대학 입학 전까지 야구선수로 활동했습니다. 처음에는 다른 친구들보다 야구를 잘했습니다. 그러나 한 살 한 살 나이를 먹으면서 동양인인 저는 키나 어깨 등 신체적 능력이 다른 친구들에 비해 떨어지게 되었습니다. 흑인이나 백인 친구들의 운동신경과 파워를 따라잡지 못했죠. 유격수에서 3루수, 2루수, 외야수 등 포지션이 계속 바뀌고 주전에서 벤치로 밀려나면서 아버지께서 "야구는 그만해라"라고 하시더군요.

누구보다 열심히 하고 노력상을 받을 정도로 야구를 좋아했지만, 운동신경이나 신체의 한계를 깨닫고 야구선수로 더 이상은 성공할 수 없겠다는 결정을 내린 저는 선수로서 뛰는 야구는 그만두고 야구를 좋아하는 사람으로 남게 됐습니다.

언어에 대한 감각을 배우다

저희 부모님은 한국을 떠나 다른 나라에서 사셨지만 단 한 번도 한국인이 아니었을 때가 없었습니다. 저희에게 그렇게 가르치기도 하셨고요. 제가 태어나기 전 아버지가 한국에서 남미로 이민을 간다고 하셨을 때 할아버지께서 굉장히 반대하셨다고 합니다. 왜 조국을 놔두고 이민을 가느냐며 인사도 받지 않으셨다고 합니다. 그러나 부모님은 굳은 결심이 있어서 이민을 떠나셨습니다.

제가 어릴 때부터 부모님은 집에서 꼭 한국어를 쓰게 하셨습니다. 우리는 한국 사람이고 말을 안 쓰면 잊어버린다고 하시면서요. 중학교 시절 아버지는 여름 방학 기간에 일기를 매일 쓰라고 하셨습니다. 같은 내용을 한국어/영어/스페인어로 쓰게 하셨습니다. 저와 관련된 나라의 언어들을 잊지 않고 다양한 언어를 하면 나중에 많은 기회가 주어질 거라고 하셨죠.

당시에는 어린 마음에 세 언어로 일기를 쓰는 것이 너무나 힘들었고 하기 싫었는데, 그렇게 가르쳐주신 부모님 덕택에 현진이의 통역을 맡을 수 있었고 메이저리그 선수들과 불편함 없이 이야기를 나눌 수 있게 되었습니다. 그래서 깊이 감사하고 있습니다. 그때의 훈련이 없었다면 지금의 저는 없었겠지요.

최선을 다해, 신중하게!

057

백인과 흑인, 동양인의 다리가 되다

제가 나온 고등학교는 백인, 흑인, 동양인 유학생 등 여러 인종이 다니는 학교였습니다. 아르헨티나에서 태어나 자랐고, 집에서는 부모님과 줄곧 한국어로 이야기했으며, 미국에서 학교를 다녔던 저는 다양한 문화를 경험한 덕분에 미국인, 히스패닉, 동양인 등 다양한 인종의 친구에게서 사랑을 받았습니다. 큰 축복이었죠. 주변에 좋은 사람들이 많았다는 점도 제 인생에서 정말 감사한 일 가운데 하나입니다.

그런데 제 주변에는 차별당하는 친구들도 많이 있었습니다. 맞기도 하고 괴로워하는 친구들을 보면서 '왜 나와 다르게 저 친구들은 저렇게 힘들어야 하나?' 하는 생각과 함께, 차별받는 동양인 친구들과 미국 친구들 사이에서 다리 역할을 해야겠다고 마음먹었습니다. 한국 유학생들과 미국 친구들 간에 매일같이 싸움이 일어나고 차별과 따돌림이 계속되는 상황에서, 양쪽 모두와 친한 제가 할 수 있는 일이 있을 거라고 생각했죠. 제가 노력하면 서로 오해를 풀고 관계가 좋아질 수 있을 거라 믿었습니다.

한국에서 유학을 온 한국인 형들에게도 "빨리 미국 문화에 적응해서 섞여 놀아야지, 한국 사람들끼리만 모이면 상황이 더 안 좋아질 수 있다"고 이야기해줬습니다. 그때부터 저는 한국 학생들과 미국 친구들의 다리 역할을 하면서 학교 내에 한국인 클럽을 만들어 옆 학교 학생들과도 교류하고, 소속이 없는 한국 친구들을 가입시켜 다른 친구들과 자연스레 친해질 수 있도록 했습니다.

이런 노력의 결과로 졸업 전 동양인 최초로 백인이 대다수인 학교에서 홈커밍킹 상, 즉 전교생이 뽑는 일종의 인기상 수상자로 선정되어 필라델피아 신문에 이름이 나기도 했습니다. 그 당시 제 목표는 모든 사람들과 친하게 지내서 어떻게든 연결을 지어 모두가 사이좋게 지내는 것이었습니다.

고등학교 졸업 때 받은 상

글로벌한 사람이 되기를 꿈꾸다

그 목표는 대학교에 진학할 때도 계속되었습니다. 제가 한국어, 영어, 스페인어를 할 줄 알고 사람들과의 관계에서 조율하는 역할을 좋아했으며, 국제적인 직업을 갖고 싶었기에, 진로를 택할 때 많은 고민을 했습니다. 좋은 학교에 여러 군데 합격했는데, 저는 조지 워싱턴 대학교를 선택했습니다. 그 이유는 세계 각국에서 온 매우 다양한 학생들이 다니는 학교였기 때문입니다. 워싱턴 D.C. 자체가 다양한 사람들로 구성된 미국의 심장이기도 했고요.

대학교에 들어가서도 고등학교 때와 비슷한 역할을 했습니다. 입학하자마자 한국 학생회에서 일을 했고 졸업 전해에는 회장까지 했습니다. 고등학교 때보다 훨씬 더 큰 규모로 인종 간의 화합을 위해 제가 할 수 있는 최선의 노력을 다했습니다. 미국에 있는만큼 미국 문화에 잘 적응하고 서로 간의 차이를 존중하며 지냈으면 하는 마음이 늘 있었습니다.

이런 일련의 과정을 통해 전공을 '국제 마케팅'으로 선택하게 되었습니다. 학문적으로도 글로벌한 환경에서 저의 능력을 펼쳐 보이고 싶었습니다. 비록 가진 것은 많지 않지만, 여러 언어를 구사하고 다른 문화를 잘 이해한다는 장점을 십분 활용하고 싶었습니다.

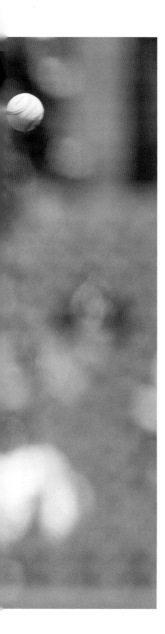

현진이의 역투!

대학 졸업 후 직장 생활을 하면서도 지금까지 해 왔던 것처럼 한국과 미국의 중간 다리 역할을 하고 싶었습니다. 마케팅 분야에서 한국 회사를 미국에 알리고 반대로 미국 회사를 한국에 알리는 일을 했습니다. 한국이 아닌 다른 나라에서 태어났고, 유년 시절과 학창 시절을 거치며 다양한 인종과 문화 속에서 살아온 것이 결국 지금 제가 몸담고 있는 업무까지 이어진 것이 아닐까 생각합니다. 류현진 선수의 입장과 LA 다저스 구단의 입장을 조율하는 일부터 한국어와 영어로 통역하는 일에 이르기까지 말입니다.

LA 다저스 클럽하우스 입구

LA 다저스에 입사하다

마케팅 업무와 기획 일을 하면서 저는 한인 커뮤니티 일도 병행했습니다. 원래 LA 다저스에서 한인 업무를 보던 직원이 있었습니다. 5년 전쯤 한국팀에서 스카웃된 분으로 LA 다저스에서 한인 업무를 담당하다가 지금은 텍사스 레인저스에서 일하고 있습니다. LA 다저스는 LA 지역에 기반을 두고 있기에 항상 한인 커뮤니티에 관심이 높았고, 한국어를 할 줄 아는 사람을 찾곤 했습니다. 정규직이 아니라 필요할 때마다 한인문화원의 추천을 받아 단기적으로 사람을 고용했죠.

한인문화원에서 LA 다저스 구단과 연락을 해오던 사람이 저와 잘 아는 동생이었습니다. 그 친구가 LA 다저스 구단에 저를 추천하면서 야구를 좋아하고 한국어도 잘하는 사람이니 한번 같이 일해보라고 연결해줬습니다. 그후 다저스 구단은 필요할 때마다 저에게 연락을 했고, 저는 컨설팅을 해주며 관계를 이어갔습니다.

몇 년 전 LA 다저스 마이너리그에 한국 출신 투수 2명이 입단했습니다. 그때 LA 다저스에서 제게 통역 제의를 했습니다. 그 당시 저는 다른 마케팅 일을 하고 있었는데, LA 다저스가 제게 제시한 조건은 상당히 안 좋았습니다. 미국 프로스포츠 관련 비즈니스 분야의 보수는 높은 위치에 있지 않는 이상 다른 분야보다 낮은 편입니다. 그 일을 하고 싶어하는 사람들이 굉장히 많고 인기가 있기 때문에 처음에는 좋은 대우를 받기가 어렵습니다.

야구를 좋아하고 어떻게든 구단 관련 일을 하고 싶었지만, 당시 제 커리어에 비해 대우도 낮았고, 무엇보다 마이너리그팀이 있는 곳이 시골이고 환경이 너무 열악했기 때문에 어렵게 거절했습니다. 비록 입사는 안 했지만 저의 신념, 즉 인간 관계의 끈, 관계를 소중히 하자는 생각이 있었기에, 그후에도 LA 다저스에서 일을 요청할 때마다 도움을 줬습니다.

3년 전, LA 다저스에서 본격적으로 한인 마케팅 계획을 세우고 적임자로 제게 공식 면접을 제안했습니다. 당시 채용에서 경쟁이 엄청나게 치열했지만 그동안 LA 다저스 구단과 여러 가지 일을 함께한 경험이 있었고 좋은 관계를 유지해왔기 때문에, LA 다저스에 마케팅 업무 담당 직원으로 입사할 수 있었습니다.

클럽하우스 복도에는
은퇴한 선수들의 유니폼이
전시되어 있다

선수들이 라커룸에 들어갈 때 지나는 명예의 전당

LA 다저스에서의 업무

처음에 제가 맡았던 업무 가운데 30%는 한국 야구 관련 업무(스카우터 통역, 한국 야구 뉴스 및 주요 선수 보고)였고, 나머지는 한인 대상 마케팅 업무였습니다. 예전에는 다저스 구단과 LA 한인 커뮤니티의 관계가 긴밀한 편이었는데, 담당자가 없었던 동안은 잘되지 않았습니다. 그래서 제가 한인 커뮤니티와 LA 다저스 구단의 관계 회복과 한국 업체들과의 마케팅 업무를 맡았습니다.

제가 기획했던 일 가운데 기억에 남는 것은 LA의 가장 큰 라디오 방송국과 계약을 맺어 한국어로 야구 중계를 했던 일, 한국 신문에 LA 다저스 광고를 싣고, '코리아 데이'를 기획해 야구장에서 문화 이벤트를 벌였던 일, 한국 맥주 회사와 계약을 맺고 LA 다저스 구장 안에서 한국 맥주를 팔았던 일 등입니다. 한국 회사들이 다저스타디움 내에서 마케팅 효과를 볼 수 있도록 중간에서 제안을 하고 조율하고 파트너가 될 수 있도록 했습니다.

그리고 LA 한인 커뮤니티 행사에 LA 다저스가 후원할 수 있도록 하고, 행사 등에서 인사도 하고 LA 다저스 브랜드를 홍보하면서 한인 커뮤니티에도 좋은 영향을 끼칠 수 있도록 노력했습니다. 한인 커뮤니티에서 제가 LA 다저스의 얼굴 역할을 해오고 있다고 할 수 있겠네요.

스태프 라커룸 모습

061

메이저리그 프런트에서 하는 일

모든 메이저리그 야구팀은 비즈니스 영역과 베이스볼 영역으로 나누어져 있습니다. 두 업무 분야는 사무실도 다릅니다. 베이스볼 영역은 야구팀이 업무의 중심이며 야구와 관련된 일만 합니다. 비즈니스 영역에서는 마케팅, 홍보, 티켓 판매, 중계 등 야구 외적인 일을 담당합니다.

LA 다저스는 특정 직원에게 많은 권한이 주어지지 않고 분담이 잘되어 있습니다. LA 다저스의 홈 구장인 다저스타디움의 경우 총 좌석이 5만 2천 석이고 경기당 평균 4만 5천 명 정도의 관중이 경기장을 찾습니다. 전체 관중의 주차비부터 티켓 요금, 식사비 등을 생각하면 한 경기에 굉장히 큰 돈이 오고간다고 할 수 있죠. 그렇기 때문에 저는 그런 상황 속에서 마케팅, 브랜딩 효과를 높이기 위해 늘 고민하고 있습니다.

그런데 제가 정말 운이 좋은 것이, LA 다저스에서 두 가지 영역의 일을 다 해본 사람은 제가 유일하다고 합니다. 사무실도 중간에 위치해 있어서 두 군데 영역을 왔다갔다 하죠. 류현진 선수가 들어와서 가능한 일이었으니, 현진이에게 참 고맙기도 합니다.

경기 후 아이싱을 하는 류현진

062

마틴 김의 하루 일과

LA에서 홈 경기가 있을 때는 출근 시간이 오전 9시입니다. 그러나 저는 매번 경기가 끝날 때까지 있어야 하고, 인터뷰나 기자회견 통역까지 하고 나면 밤 11시가 넘는 일이 많습니다. 바로 다음날 정시 출근은 어렵기 때문에 구단의 양해 아래 특별한 미팅이 없을 때는 오전 11시경 출근합니다. 요즘은 업무를 주로 이메일이나 스마트폰 등으로 처리할 수 있기 때문에 출근 시간이 늦더라도 큰 문제는 없습니다.

출근 후 마케팅 업무를 보고 나서, 오후 2시쯤 류현진 선수가 경기장으로 오는 시간이 되면 '프런트 마틴 김'이 아닌 류현진과 함께하는 '클럽하우스 마틴 김'으로 변신합니다.

처음에는 경기가 진행되는 내내 류현진 선수와 함께 덕아웃에 있었습니다. 그러나 시간이 흐르면서 차차 제가 빠졌습니다. 제가 계속 옆에 있으면 류현진 선수가 적응하는 데 도움이 안 된다고 생각했습니다. 서툴더라도 현진이가 직접 선수들과 어울리는 것이 중요하다고 믿었죠. 그래서 시즌이 끝나갈 때는 거의 덕아웃에 있지 않았습니다. 물론 중요한 순간이나 류현진 선수 등판일에는 함께 있었지만, 그 외에는 직접 선수들과 소통하도록 했습니다.

원정 경기를 가면 조금 더 힘들어집니다. 류현진 선수가 LA에 있을 때는 집과 가족이 있어서 제가 항상 같이 있을 필요가 없지만, 원정 경기 때는 아침부터 저녁까지 류현진 선수와 함께하면서 필요한 사항이나 도움을 요청하면 제가 해결해줍니다.

류현진 선수의 입단이 끼친 영향

덕아웃에서도 우리의 수다는
계속된다

류현진 선수가 LA 다저스 구단과 계약을 맺은 날, 다저스 단장은 제게 이렇게 얘기했습니다.

"한 달 동안 수고 많았다. 네 도움이 정말 컸고, 나중에 알겠지만 이번 경험이 너의 커리어에 엄청 큰 도움이 될 거다. 이제 류현진이 입단했으니 네가 하고 싶고 할 수 있는 마케팅 일들을 다 해봐라."

단장 역할을 오래도록 해왔던 그는 하루에 10통이 넘는 이력서를 받는데, 한 구단에서 여러 가지 일을 한 사람을 관심 있게 지켜본다고 이야기하더군요. 그런 사람이라면 팀이 어떻게 돌아가는지 알고 어떤 역할을 맡아도 잘할 수 있다면서요. 그러면서 제게 할 수 있는 일을 다 해보라고 조언했습니다. 그 경험이 나중에 큰 도움이 될 거라고 했죠. 그때 단장의 말을 마음에 새겼고, 류현진 선수의 입단 이후 많은 일들을 기획하면서 좋은 성과를 낼 수 있었습니다.

류현진 선수의 통역을 맡기까지

류현진 선수가 입단한 후 단장이 통역 일을 하겠느냐고 물어봤을 때, 저는 하지 않겠다고 했습니다. 현진이가 해달라고 했을 때도 제가 거절했다고 알려져 있던데요, 거절이라기보다는 현진이에게 솔직하게 이야기했습니다.

"현진아, 내 능력과 자질은 마케팅에 있어. 네가 입단해서 우리 구단이나 너를 위해 내가 이 업무에 집중하는 것이 더 좋지, 통역까지 하기는 좀 그럴 것 같다. 그래서 마케팅 업무를 하면서 너를 더욱 빛나게 해줄게."

통역이란 마음이 맞아야 하는 건데, 현진이는 단순히 통역사가 필요했다기보다 믿을 수 있는 친한 사람이 필요했습니다. 외로움을 느꼈던 거죠. 그래서 말만 전하는 사람이 아니라 마음이 맞고 함께 웃고 즐거울 수 있는 편안한 사람을 찾았던 겁니다. 제가 정식으로 현진이 통역을 하기 전 구단 직원으로 볼 때부터 마음이 잘 맞았거든요. 현진이는 원정 경기를 다닐 때도 함께할 수 있는 친한 사람이 통역을 했으면 좋겠다고 했습니다.

애리조나 스프링캠프가 끝날 때쯤 단장이 제게 직접 전화를 했습니다.
"마틴, 현진이는 통역으로 자꾸 너의 이름을 꺼낸다. 에이전트 쪽에서도 우리

선수가 마틴을 원한다고, 올 시즌만 고생해주면 정말 고맙겠다고 전해달라 했다. 시즌이 다음주면 시작하는데 어떻게 안 되겠니?"

고민 끝에 저는 "1년 동안은 통역을 해보겠다"고 결정했습니다. 그러자 구단 측에서는 마케팅 업무를 하지 말고 통역에만 집중하라고 하더군요. 물론 그 렇게 하는 것이 편하겠지만, 저는 항상 제 미래가 스포츠 마케팅에 있다고 생각했습니다. 잘할 수 있는 일도 마케팅이고요. 통역은 류현진 선수를 위해 하는 일이죠. 그래서 제 욕심으로 두 가지 모두 하겠다고 말했습니다. 몸은 힘들고 시간은 늘 부족했지만 1년 동안 정말 최선을 다했고, 마케팅 쪽으로 도 성과가 좋아서 구단에서 좋은 평가를 받고 있습니다.

통역은 어렵다

저는 LA 다저스 구단의 마케팅 직원일 뿐, 전문 통역사가 아닙니다.
통역은 쉽지 않은 일입니다. 항상 대기하고 있어야 하고, 언제 어디서 통역이
필요한 상황이 발생할지 모르기 때문에 항상 긴장하고 있어야 합니다. 트레
이너나 코치가 저를 급히 찾을 때를 대비해서 프런트 업무를 볼 때도 늘 휴
대전화를 손에서 놓지 않습니다.

원정 경기를 위해 제가 자란 도시인 필라델피아에 갈 때면 부모님과 친구들
이 보고 싶더라도, 통역으로서 현진이와 함께 있어야 하기 때문에 쉽게 만나
지는 못합니다.

처음 통역을 할 때는 어려운 점이 참 많았습니다. 그러다가 점차 류현진 선
수와 많은 것을 맞춰나가며 둘만이 통하는 코드를 만들었습니다.

코치들이나 감독, 포수와의 미팅에서는 말이 굉장히 빠르게 오갑니다. 제가
생각하고 말을 전달할 수 있는 상황이 아니기 때문에, "내가 이런 말을 하면
이런 뜻이고, 저런 말이나 동작을 취하면 저런 뜻이야"라며 우리 사이의 사
인을 만든 것이죠.

경기 전의 여유 있는 모습

기자회견이나 방송 인터뷰를 할 때 한국어 중에서 제가 잘 모르는 단어나 한자어가 나오면 조금 당황스럽기도 합니다. 계속해서 배워나가고 더 집중하도록 노력해야겠습니다.

현진이와 함께 쇼핑 중

야구로 소통하는 선수들을 볼 때면

야구로 하나가 되는 선수들을 볼 때마다 저는 참 신기합니다. 국적이 다르고 서로 쓰는 언어가 달라서 통역의 힘을 빌릴 때도 있습니다. 그러나 같은 팀 구성원으로서 같은 'LA 다저스 유니폼'을 입고, 같은 공간에서 다 함께 플레이를 한다는 사실만으로 서로에게 의지가 되는 것 같습니다. 비록 언어는 다르지만 우리는 잘 통한다는 동료 의식이 선수들의 눈빛, 플레이를 볼 때마다 느껴집니다. 그래서 선수들이 정말 멋져 보입니다.

미국에는 "유니폼 뒤에 있는 이름보다 앞에 있는 이름이 더 중요하다"는 말이 있습니다. 뉴욕 양키스 유니폼 뒤에 선수 이름이 적혀 있지 않은 이유도 바로 이것입니다. 메이저리그에서 뛰는 선수들은 저마다 슈퍼스타지만, 팀을 위해 단합하고 희생하는 모습은 정말 아름답고 존경스럽습니다.

067

언론 상대의 어려움

메이저리그 경기를 취재하려면 각 언론사는 ID카드를 발급받아야 합니다. LA 다저스 PR팀에서 한국 언론사를 잘 모르는 관계로 언론사 확인이나 ID 카드 발급할 때 저에게 도움을 요청했습니다. 수량이 한정적이기 때문에 많은 한국 언론사들이 요청해오지만 전부 다 발급해줄 수가 없습니다.

그러다보니 문제가 생겼습니다. 미국의 AP 통신처럼 대표 미디어가 있었다면 좀 더 수월했을 텐데, 큰 매체부터 작은 언론사까지 취재 요청을 해오니 모두 들어줄 수가 없었죠. 게다가 언론도 비즈니스이기 때문에 류현진 선수의 특별한 기사, 다른 곳과 차별화된 소식을 전하려고, 취재 경쟁도 생겼습니다.

이 자리를 빌려 취재나 ID카드 발급 등에서 요청을 모두 들어드리지 못해 죄송한 마음을 전합니다. 류현진 선수가 경기에 집중할 수 있도록 하기 위해, 또는 한정된 공간과 시간 등의 문제가 있어서 그랬던 것이니, 기자분들의 이해를 부탁드립니다.

마케팅 업무와 통역, 힘들지만 보람 있는 두 마리 토끼

2013년 한 해 동안 저는 사생활은 포기하고 일에만 전념해왔습니다. 원래는 제가 커뮤니티 안에서 활동도 많이 하고 대인관계도 활발했지만, 이 일을 하면서 어쩔 수 없이 많은 것을 포기할 수밖에 없습니다. 친구가 보고 싶으면 야구장으로 불러서 잠깐 만났고, 가족의 경우도 마찬가지였습니다.

올해 저는 일주일에 보통 80시간 정도 일했습니다. 주말, 쉬는 날도 없었습니다. 야구 경기가 없는 날에도 원정 경기 지역으로 이동하거나 통역을 해야 했으니까요. 물론 몸은 힘듭니다. 지쳐서 때론 포기하고 싶을 때도 있었지만, 그럴 때면 류현진 선수가 저를 배려해주었고 서로 힘이 돼줬습니다.

돌이켜보면 3월부터 10월까지 남자 둘이서 지내면서 한 번도 싸운 일이 없다는 게 신기하기도 합니다. 물론 다툴 수가 없습니다. 제가 현진이보다 8살 많은 형이기 때문에 때로는 잔소리도 하고 조언도 합니다. 현진이가 짜증을 낼 때도 있죠. 하지만 그런 것도 서로가 잘되길 바라는 애정에서 나온 것이었기에 잘 헤쳐나갈 수 있었습니다.

저는 마음에 있는 건 바로 털어놓는 성격이기에 문제가 있으면 바로 얘기하고, 현진이는 잘 넘어가는 스타일이어서 별 탈 없이 잘 지낼 수 있었습니다.

서로 믿는 이 순간, 무엇이 두려울까

유리베와 함께

현진이의 성공을 바란다

LA 다저스 구단 업무에다 류현진 선수 통역 일까지 모두 하기가 힘들지 않느냐는 질문을 1년 동안 참 많이도 받았습니다.

제가 구단에서 일을 하면서 일찍이 깨달은 것이 선수에 따라 나의 미래도 바뀔 수 있다는 것이었습니다. 류현진 선수가 잘되면 나도 같이 잘되는 것이죠. 업무적인 관계를 떠나서, 한국인으로서, 야구팬의 한 사람으로서 류현진 선수가 메이저리그에서 꼭 성공하기를 간절히 바랐습니다. 그렇기에 제가 조금이라도 도움이 될 수 있는 부분에서 최선을 다하고자 했고요. 물론 일이 너무 많아 힘들기도 했지만, 승승장구하는 현진이를 보면서 정말 기쁘고 뿌듯했습니다.

LA 다저스의 직원이기도 하지만 부모님께 한국인의 피를 물려받았기에, 멀리서 온 조국의 선수가 잘되기를 바라며 즐겁게 일할 수 있었습니다. 만약 제 자리에 다른 한국인이 있었어도 마찬가지 마음 아니었을까요.

070

그림자 마틴에 만족한다

저도 인간이기에, 주인공이 되고 싶고 주목받고 싶은 욕구가 없다면 거짓말일 겁니다. 그러나 현진이를 가까이서 지켜보면서 나는 절대 야구선수가 될 수 없겠구나 하고 느꼈습니다. 야구선수뿐 아니라 프로선수라면 실력은 물론이고 정신력, 인내심이 엄청나게 강해야 합니다. 일반인보다 적어도 3배 이상 부지런히 살아야 합니다.

어찌보면 이들은 기계에 가깝습니다. 실수를 하면 안 되니까요. 공 하나하나에 집중해야 합니다. 메이저리그에서 뛰는 선수들은 하루도 빠짐없이 규칙적으로 운동하는 생활이 몸에 밴 사람들입니다. 언젠가 단장이 고등학교-대학교-마이너리그-메이저리그 등 각 단계는 마치 피라미드 구조와 같아, 극소수의 사람만이 메이저리그 무대에 설 수 있다고 하더군요. 포기하지 않고 그 치열한 경쟁의 스트레스와 압박감을 모두 이겨냈기에 선수들이 그렇게 높은 연봉을 받는 것이라고요. 선수들이 부상을 당해도 참고 뛰는 이유가 본인의 자리를 지키는 일이 그만큼 절박하기 때문이라는 말에는 절로 숙연해지더군요.

류현진 선수는 저와 성격도 다르고 자라온 환경이 다르기 때문에, 현진이의 행동이 더러 의아할 때도 있습니다. 하지만 한편으로는 성격이 다르기 때문에 서로 맞춰나갈 수 있고 오히려 더 잘 맞는 것이 아닌가 싶습니다.

물론 현진이처럼 메이저리거의 자리에 있다면 좋겠지만, 사람은 저마다 각자의 길이 있고 능력이 다르기 때문에 본인의 길에 만족하고 스스로 능력을 키워나가는 것이 더 바람직하다고 생각합니다. 그래서 지금 류현진이라는 빛의 그림자 역할을 하는 제 자신이 대견하고, 스스로 멋지다고 생각합니다.

071

부쩍 높아진 관심과 인기

제가 현진이 옆에 늘 있다보니 기자들이 현진이 사진을 찍을 때 저도 자연스레 찍히게 되었습니다. 시간이 흐르면서 취재를 떠나 기자들과 서로 인사를 나누고 친해졌습니다. 항상 현진이와 같이 있는 모습이 관심을 끌었던 것 같습니다.

현진이가 기자들과 잘 열어놓고 지내지 않기 때문에 제가 취재에 도움을 드릴 때도 있습니다. 하지만 구단 입장에서 제가 말하면 안 되는 것들이 있죠. 기자들이 제 휴대폰 번호나 이메일을 알게 되면서 이것저것 곤란한 것들을 물어볼 때면 정말 답답했습니다. 예를 들어 부상을 당했는지, 등판을 하는지, 이런 내용은 언론에 나가면 팀 전체에 큰 손해로 돌아올 수 있기 때문에 정말 조심스럽습니다. 그런 상황에 힘들기도 했지만 그만큼 기자들이 제게 관심을 갖는구나, 라고 생각했습니다.

그리고 야구장에서 사람들이 언젠가부터 제 이름을 부르기 시작했습니다. 예전에는 "저기요" 혹은 "이봐요"라고 했다면, "마틴 씨" 하고 이름을 부르는 것이었습니다. 신기했습니다. 한국에서 이메일도 오고 선물도 왔습니다.

제 별명이 '다크써클'인데 한국 화장품 회사에서 아이크림을 보내주기도 했고, 시즌 후반에는 제 개인적인 인터뷰를 할 기회도 많아졌습니다. 이런저런 관심이 엄청 많아지면서 고맙게도 류현진 선수가 더 기뻐하고 도와주더라고요.

주변에서 다저스 구단 역사상 단장이나 구단주를 제외하고 한국에서 가장 유명한 LA 다저스 직원이라고 할 때는 쑥스럽기도 하고 기쁘기도 합니다. 그만큼 일을 잘하고 있구나 싶기도 하고 인정해주시는 것 같아 뿌듯하죠.

가장 영광스러웠던 일은 한국 정부에서 주최하는 차세대 리더십 컨퍼런스에 초청된 일이었습니다. 미국을 비롯해 전 세계의 젊은 리더들을 뽑아 진행하는 행사였는데, 팀이 포스트시즌에 진출하게 되어 참석은 못했습니다. 류현진 선수 덕분에 선정되었는데 역시 류현진 선수 덕분에 참석하지 못했네요.

흔들림 없는 현진이의 투구 모습

류현진 영입 후 마케팅의 변화

류현진 선수가 오기 전에는 한인 커뮤니티든 한국 업체든 제가 먼저 연락하고 제안하는 쪽이었다면, 류현진 선수 입단 후에는 거절을 해야 할 정도로 연락이 많이 오고 일이 많아졌습니다. 류현진 선수가 LA 다저스에 입단하고 좋은 성적을 거두면서 사람들의 관심이 폭발했듯이, 마케팅 업무적으로도 많은 제안과 파트너십 요청이 오고 있습니다.

야구와 전혀 관계 없는 회사들이 연락을 해올 때도 있습니다. 상당한 액수를 제시하며 계약을 맺자는 경우도 있는데, LA 다저스의 이미지, 브랜딩 등을 고려해서 거절한 적도 많습니다.

개인적으로는 야구장 전광판과 미디어룸 배경에 한국 기업의 로고가 등장하는 것을 볼 때마다 인상적입니다. 세계적인 유명 기업과 어깨를 나란히 하는 한국 기업의 로고를 LA 다저스 구장에서 볼 수 있어서 한국인으로서 뿌듯하기도 합니다.

LA 다저스 홈 구장인 다저스타디움을 배경으로

073

한국에 있는 야구팬들에 대한 마케팅

매스미디어의 발달로 전 세계 어디서든 인터넷을 통한 실시간 정보 공유가 가능해졌습니다. 그래서 우선 한국에 있는 방송사와 중계 계약을 체결해서 한국에 있는 야구팬들, 류현진 선수의 팬들이 류현진 선수의 선발 등판 경기를 볼 수 있도록 하는 것이 가장 중요했습니다.

LA 다저스 홈페이지와 공식 트위터, 페이스북 등을 통해 LA 다저스 및 류현진 선수의 소식을 빠르고 정확하게 알리고 있습니다. 그리고 다저스타디움에서 펼쳐졌던 '코리아 데이' 행사를 앞으로는 보다 많은 한국 야구팬들과 함께 즐기고 관심을 모을 수 있도록 발전시킬 계획입니다. 계속해서 한국 야구팬들을 위한 좋은 콘텐츠를 만들어내기 위해 노력하겠습니다.

074

앞으로의 마케팅 업무 계획

지금은 류현진 선수로 인해서 마케팅 업무를 하는 것이 훨씬 쉬워졌습니다. 그러나 장기적으로 봤을 때 한 선수에 치중되거나 특정 선수로 인해 생기는 마케팅이 아니라, 'LA 다저스'라는 세계적인 구단, 브랜딩을 널리 알리고 제대로 소개하는 것이 제 역할이라고 봅니다.

LA 다저스 구단이 특정 회사와 파트너십을 맺을 때, 어떤 관계를 유지하고 어떤 마케팅을 벌여야 양쪽 모두에 좋은 효과를 가져올 수 있는지 따져보고 판단하는 것이 마케터로서의 제 일이자 앞으로의 과제입니다.

075

류현진 선수가 트레이드되거나
팀을 옮긴다면

류현진 선수의 계약 조건에는 선수의 동의 없이 트레이드를 할 수 없다는 조항이 있지만, 만약 현진이가 팀을 옮기게 되고 그 팀의 근무 조건이 괜찮다면 현진이와 함께 가지 않을까 생각합니다. 현진이와 함께라면 저도 좋고, 지금 하는 마케팅 업무를 다른 팀에서도 할 수 있으니까요. 제가 그리 잘난 사람은 아니지만 류현진 선수가 편안하게 미국 생활을 하는 데 제 역할이 필요할 수 있다고 생각하기 때문에, 계속 옆에 있어주면 서로 좋지 않을까 생각합니다.

오늘도 던진다

내 공을 믿는다!

076

다른 팀에서 스카웃 제의를 받는다면

앞서 현진이가 팀을 옮기면 저도 옮길 수 있다고 했는데요, 저 혼자 가는 것이라면 메이저리그 다른 팀으로부터 좋은 조건으로 스카웃 제의를 받더라도, 설령 그 팀이 제 마음속 응원팀 필라델피아 필리스라 해도 쉽게 떠나지 못할 것 같습니다. 특히 필리스 팀이라면 팬으로 좋아하는 것과 그 안에서 업무를 하는 것은 다르기에, 분명히 선을 그을 필요가 있겠죠.

최근에 다른 팀에서 함께 일하자는 제안을 받은 적이 있습니다. 한국 프로야구팀에서도 메이저리그 방식으로 한국 야구 프런트를 발전시켜달라고 제의해온 적이 있었죠. 감사하고 정말 영광스럽게 생각합니다. 시간이 많이 흐른 후 한국 야구팀에서 다시 제안을 해주신다면 그때는 고려해볼 수 있을 것 같습니다. 제가 미국에서 배우고 경험한 것들을 한국에서 펼쳐 보이는 것도 매우 의미 있고 재미있을 테니까요.

하지만 지금은 LA 다저스 생활에 만족하고 이곳에서 할 일이 많기 때문에, 다른 제안을 비교하기보다는 현재에 충실하고 전념하는 자세가 제게 필요한 것 같습니다.

077

류현진 선수 외에 좋아하는 다저스 선수

현진이를 제외하고 LA 다저스에서 제가 좋아하는 선수를 꼽자면 두 명 있습니다.

첫 번째는 클레이튼 커쇼 선수입니다. 커쇼는 실력은 말할 것도 없고, 인성과 사생활도 훌륭하고 모범적이며, 나이는 어리지만 배울 점이 정말 많은 친구죠.

다른 선수는 바로 마크 엘리스입니다. 그는 남자답고 신사적이면서 모든 일을 굉장히 열심히 하는 사람입니다.

마크 엘리스와 관련해서 떠오르는 일이 한 가지 있네요.
류현진 선수의 계약서에는 원정 경기를 갔을 때 숙소에서 큰 방을 쓸 수 있다는 조건이 명시되어 있습니다. 그래서 루키지만 좋은 방을 우선적으로 배정받습니다. 그런 다음 베테랑들이 순서대로 좋은 방을 쓰죠.

한번은 원정 경기를 갔을 때 마크 엘리스의 가족들이 숙소에 왔습니다. 큰 방이 필요한 상황이었죠. 보통 그런 경우 순서대로 루키가 양보를 해주는

데, 물론 반드시 방을 내줘야 하는 것은 아닙니다. 이동 중에 엘리스가 저에게 와서 방 문제를 현진이에게 물어봐달라고 부탁을 하기에, 엘리스 가족이 원정에 오는데 이번만 방을 양보해줄 수 있느냐고 현진이에게 전했습니다. 그러자 현진이가 대답했습니다.

"형, 엘리스라면 양보해줘야지. 좋아!"

그후 마크 엘리스가 고맙다며 비싼 술을 선물해주더군요.

다저스 인터뷰룸에서 있었던 마리아노 리베라의 은퇴 기자회견

078

존경하는 메이저리거들

행크 아론

행크 아론이 주최한 야구 행사에 LA 다저스 구단 직원으로 참여한 적이 있습니다. 그때 만나서 사인볼도 받았는데요. 나이가 많은데도 여전히 야구에 대한 열정과 사랑이 식지 않은 모습에 존경심이 들었습니다.

샌디 쿠팩스

샌디 쿠팩스는 가끔 야구장 라커룸에 들어서면 모든 선수들이 조용해지는 '살아 있는 레전드'입니다. 그분이 풍기는 포스와 아우라만으로도 선수들의 고개가 절로 숙여지죠. 연로한 대선배 투수인 쿠팩스가 클럽하우스에 가끔 나오는 것만으로도 선수들이 많은 것을 느낄 수 있을 것이라 생각합니다. 거의 아무것도 안 가르쳐주시는 분인데, 현진이에게는 커브를 가르쳐주시기도 했습니다.

마리아노 리베라 (뉴욕 양키스)

올 시즌 은퇴한 마리아노 리베라를 만났을 때 정말 감동적이었습니다. 만약 메이저리그 모든 선수들이 마리아노 리베라의 마인드와 태도를 갖고 야구를 한다면, 야구라는 스포츠가 한 단계 성장할 수 있겠다는 생각이 들 정도였습니다.

진정한 남자, 추신수

모두의 존경을 받는
샌디 쿠팩스

카를로스 곤잘레스 (콜로라도 로키스)

그는 모든 선수들이 존경하고 또 두려워하는 선수입니다. 야구를 우선 너무나 잘합니다. 말 없이 야구를 잘하는 사람, 존재 가치를 야구장에서 보여주는 사람, 그런 선수가 바로 카를로스 곤잘레스라고 생각합니다.

노모 히데오

올 시즌 LA 다저스 구단에서 노모 히데오를 시구자로 초청한 적이 있습니다. 비록 언론의 관심을 싫어하는 선수였지만, 지금도 노모는 LA 다저스 최고의 선수 중 한 명으로 평가받습니다.

그러나 이 모든 선수 중에서 제가 야구장에서 가장 기대했던 선수는 바로 '추신수' 선수입니다. 그만큼 저는 추신수 선수를 소중히 여기는 팬입니다.

필라델피아 구장에서 마틴 김의 부모님

079

가족 이야기

미국으로 가족이 이민 온 후 부모님은 누나와 저를 위해 많은 희생을 하셨습니다. 자식들이 보다 좋은 교육을 받을 수 있도록 애를 쓰셨죠. 학창 시절 저는 아버지의 조언으로 이왕이면 크게 하자, 큰 마음을 갖자, 라는 생각을 품게 되었습니다. 중학교 때 학생회장 선거에 나갔다가 떨어졌을 때도 아버지는 당선 여부를 떠나 아들이 도전했다는 것이 자랑스럽다고 하셨죠.

동양인이지만 다양한 인종의 친구들에게 인기를 끌면서 '아, 나는 안 밀리는구나, 내가 좋은 사람이 되면 뒤처지지 않겠구나'라는 자신감이 생겼습니다. 아버지께서 늘 이렇게 말씀하셨죠. "네가 진정 하고 싶은 일을 찾아라. 공부나 대학이 중요한 것이 아니다. 그러니 진정 가슴 떨리는 일을 찾아라."

대학 졸업 후 혼자 LA로 가기로 마음을 먹은 것은 한인들이 많았기 때문인데, 제가 한국 사람들의 다리 역할을 하기에 최적의 장소였습니다. 그렇기에 하고 싶은 일과 다양한 기회가 많을 거라고 생각했습니다. 부모님은 제가 떠나는 것에 처음에는 반대를 하셨습니다. 먼 곳으로 가서 고생할까봐 걱정하신 거죠. 그러나 제 선택에 자신이 있었기에 부모님도 이해해주시고 응원해주셨습니다.

———————

필라델피아 선수들에게 받은 사인볼

마음속 응원팀, 필라델피아 필리스

미국에 올 때부터 야구를 좋아했던 저는 필라델피아에서 자랐기 때문에 필라델피아 필리스의 광팬입니다. 필리스는 제 마음속 응원팀인 거죠. 2008년 필리스가 월드시리즈에 나갔을 때도 응원을 했고요. 지금은 LA 다저스 소속이기 때문에 다저스를 응원하고 있습니다. 구단이 잘되면 다 같이 잘되는 것이니까요.

제가 다저스에 입사하기 전 면접에서 윗분이 이런저런 질문을 하고 마지막으로 야구를 좋아하느냐고 물었습니다. 당연히 야구를 사랑한다고 답했죠. 그랬더니 어느 팀을 가장 좋아하느냐고 묻더군요. 저는 5초 동안 고민하다가 이렇게 말했습니다. "솔직하게 말할까요, 아니면 거짓말을 할까요?" 당연히 솔직하게 말하라고 하더군요. 그래서 저는 "필라델피아 필리스를 응원한다"고 말했습니다.

그러자 바로 면접관이 저더러 나가라고 하는 겁니다. 제가 면접을 보았던 때가 2010년이었는데, 2008~9년 시즌에 다저스는 필리스에 상당히 약했습니다. 가장 얄미운 상대팀을 좋아한다고 했으니 기분이 나빴겠죠. 그래서 바로 사과를 했습니다. 말실수를 한 것 같다고요. 그러자 면접관들이 갑자기 웃으면서 "농담이다. 우리는 야구팬을 원하지, 꼭 다저스 팬이어야 하는 건 아니다"라고 하더군요. 저도 그후로는 당연히 다저스를 응원했습니다.

그래도 마음속의 팀을 바꾸기란 쉽지 않았습니다. 매일 다저스 경기가 끝나고 숙소로 가면 필리스가 이겼는지 졌는지, 기록은 어떻게 되는지 알아보곤 했습니다. 현진이가 필리스의 에이스 클리프 리와 붙게 된 날, 제가 농담으로 현진이에게 그랬죠. "현진아, 오늘 경기는 좀 져주라." 현진이가 웃으며 어이없어하더군요.

공교롭게도 제가 필리스에서 제일 좋아하는 선수인 체이스 어틀리가 현진이에게 그날 홈런을 2방이나 쳤습니다. 물론 현진이를 생각하면 마음 아픈 일이었죠. 그날 현진이가 덕아웃으로 들어오면서 그러더군요. "형 좋아? 형이 제일 좋아하는 선수가 치니 좋아?" 경기가 끝난 후에도 둘이 두고두고 이 일을 떠올리며 엄청 웃었던 기억이 납니다.

제가 아무리 인기 있는 팀을 만나도 그러지 않았는데, 필라델피아 필리스를 만나면 상대팀 구단 직원을 통해 필리스 선수들의 사인을 하나씩 받았습니다. 라이언 하워드, 지미 롤린스, 체이스 어틀리 등의 사인을 받아서 현진이한테 자랑했죠. "야, 나 체이스 어틀리 사인 받았다!" 그랬더니 현진이가 "그래, 형 오늘 우린 적이야!"라고 외치더군요.

필라델피아 필리스 홈 구장인 시티즌스 뱅크 파크

현진이와 함께 필라델피아 집으로

필라델피아는 저의 고향과도 같은 곳으로, 부모님이 계시고 제 어린 시절 친구들이 많이 살고 있습니다. LA 다저스가 필라델피아로 원정 경기를 갔을 때, 현진이가 저희 부모님과 친구들을 만나고 싶다고 하더군요. 저희 부모님 역시 현진이 부모님이 저를 엄청 잘 챙겨주시는 것을 잘 아시고 언제 꼭 현진이를 데려오라고 하셨는데, 마침 때가 잘 맞아 차를 몰고 현진이와 함께 저희 집으로 갔습니다.

제가 현진이에게 늘 하는 말이 있습니다. LA는 미국이 아니라고요. 진짜 미국을 느끼려면 동부에 가야 한다고 했습니다. 이 나라가 탄생한 지역이기 때문에 역사가 깊고 문화적으로도 발달해 있으니까요. 특히 필라델피아는 미국의 첫 수도였기에 역사가 깁니다.

이런 이야기를 하면서 저희 집에 들어갔습니다. 집에 걸려 있는 제 어릴 적 사진을 보며 현진이가 엄청 웃었죠. 그날 다 같이 식사를 하는데, 현진이가 저희 부모님께 정말 예의 바른 모습을 보이며 이렇게 말하더군요. "마틴 형 덕분에 제가 잘 적응하고 좋은 성적을 낼 수 있었습니다. 형을 낳아주시고 길러주셔서 정말 고맙습니다." 그 말을 옆에서 듣고 있자니 정말 뿌듯하고 저 역시 현진이에게 고마운 마음이 들었습니다.

그날 함께 식사를 하는 동안, 모든 시간이 멈춘 것 같았습니다. 류현진이라는 야구선수, 스타선수가 우리 집에 와서 부모님과 함께 정답게 밥을 먹다니, 그 그림이 정말 신기하기도 하고 행복했습니다.

현진이와의 캐치볼로 유명한 다저스 꼬마 열혈팬 듀스와 함께

진정한 야구팬이라면

LA 다저스 구단 직원이자 야구팬의 한 사람으로서, 많은 야구팬들에게 드리고 싶은 말씀이 있습니다. 이것만은 꼭 알아주셨으면 해요. 야구선수도 사람이라는 것을요. 당연한 말이죠. 라이벌 관계에 있는 팀의 선수라도 경기가 끝난 후에는 함께 식사를 하고 이야기 나눌 수 있는 겁니다. 그런데 오히려 야구에 광적인 팬들(예를 들어 라이벌 관계인 LA 다저스와 샌프란시스코 자이언츠의 팬들)이 서로 싸우고 비난하며 정도를 넘어설 때가 있죠.

선수들은 물론 경기에 이기려고 노력하지만, 그것 때문에 그 외의 생활까지 영향받는 것은 그리 좋아하지 않습니다. 경기는 그저 경기일 뿐이고, 선수들이건 팬들이건 그보다 더 중요한 생활과 인생이 있는 것인데, 한 경기 한 경기의 승패로 인해 너무 스트레스를 받지 않았으면 합니다.

"야구팬은 야구를 좋아해야지 팀을 좋아해서는 안 된다"라는 말이 있습니다. '야구팬'은 항상 재미있게 경기를 관람하고 팀이 졌더라도 진 것에도 고마워하며 격려할 줄 안다는 것이죠. 멋진 플레이를 보면 결과에 상관없이 박수를 보낼 수 있는 매너 또한 필요하고요. 응원하는 팀이 졌다고 세상이 끝난 것처럼 화를 내는 사람들은 '야구팬'이 아니라 어느 팀의 팬이 되는 것입니다.

진정 야구팬이라면 야구 자체를 즐길 줄 알아야 합니다.

바로 이것이 제가 야구팬이자 구단 직원으로 일하면서 가까이서 야구를 보고 선수들과 소통하며 얻은 결론입니다.

다저스 팬들과 함께

돈은 인생의 목적이 될 수 없다

LA 다저스에 들어온 후, 일반인들은 상상하기 힘든 어마어마한 연봉을 받는 스타선수들과 생활하면서 느낀 점이 있습니다. 물론 제가 그동안 살아오면서 간직해온 신념이기도 하고요. 돈 버는 게 인생의 목적이 되면 안 된다는 것입니다. 돈이 많다고 모든 문제가 다 해결되는 건 아니니까요.

아무리 슈퍼스타이고 돈을 많이 버는 선수라고 할지라도 가까이서 지켜보니 일반 사람들과 똑같았습니다. 일주일에 100만 달러 이상을 버는 선수들도 개인적인 고민이 많더라고요. 물론 돈이 많으면 삶이 윤택해지는 것은 맞습니다. 그러나 돈이 있다고 해서 걱정, 고민들이 없어지진 않습니다. 인생의 목적이 돈이라면 진심으로 행복을 느끼지 못할 것 같습니다.

LA 다저스 팀에서 크리스천 선수들은 매주 일요일마다 함께 예배를 드립니다. 저도 크리스천이어서 함께합니다. 그런데 언젠가 한 선수가 아버지 건강이 안 좋아서 큰 수술을 앞두고 있으니 기도해달라고 하더군요. 그 얘기를 들으면서 그분이 그 선수의 아버지가 될 수도 있고 제 아버지가 될 수도 있다는 생각이 들었습니다. 그리고 저보다 돈이 훨씬 많다고 해서 그런 문제가 해결될 수는 없구나 싶기도 했고요.

푸이그의 장난은 나라고 예외가 아니다

사람들은 돈이 없으면 돈 많은 상대에게 밀린다고 생각을 합니다. 하지만 자기가 하는 일을 충실하게 열심히 하면 돈은 그만큼 따라온다고 봅니다. 돈을 목적으로 하는 순간부터 사람이 변하는 것 같습니다. 이것이 저보다 수백 배 많은 연봉을 받는 선수들과 함께 지내면서 깨달은 것입니다. 저마다 잘할 수 있는 것들이 다르고 그렇기에 돈으로 인해 열등감을 느낄 필요가 없는 것이죠. 차이를 인정하고 본인이 잘할 수 있는 것에 집중하는 것이 좌절하고 부러워하는 것보다 중요하다고 봅니다.

클럽하우스에서 일하는 친구들과 함께

메이저리그 구단에
입사하길 희망하는 사람들에게

메이저리그 구단에 어떻게 들어가게 됐는지, LA 다저스에서 일할 수 있는 팁이 있는지 궁금해하시는 분들이 많습니다. 그래서 제가 LA 다저스에 입사한 후 구단에서 오랫동안 일해온 직원들과 친해지고 나서 알게 된 사실 몇 가지를 알려드리고자 합니다.

결론을 먼저 말씀드리자면 "어떻게 해서든, 어떤 자리든 우선 들어가야 한다"입니다. 메이저리그 구단에서 일하고 싶어하는 사람들은 너무나 많습니다. 그렇기 때문에 본인이 원하는 자리나 위치가 아니더라도 우선 구단과 관계, 인연을 맺는 것이 중요합니다.

진심으로 MLB 구단에서 일을 하고 싶다면 창구에서 티켓을 파는 일, 매점에서 핫도그를 파는 일도 마다하지 않아야 합니다. 그렇게 일단 구단 안에 들어가는 것이 중요합니다. 모든 팀들이 안에 있는 사람을 키우려고 하지, 새로운 사람을 영입하는 일은 많지 않습니다. 팀의 비밀이나 공개하기 어려운 일들이 많기 때문에 내부에 있는 사람을 신뢰하는 거죠. 그리고 일반 회사와는 다르게 스포츠팀에서 일하는 직원들은 회사와 팀에 대한 애정과 열정이 더 강해서 은퇴하는 그날까지 계속 일하려는 사람들이 많습니다.
그렇게 패밀리 의식이 강하기 때문에 사람이 들어오고 나가는 일이 흔하지
않죠. 그래서 구단에서 일을 하고자 한다면 작은 일이라도 소중하게 생각하
고 구단과 인연을 맺는 것이 우선 필요합니다. 그다음 일을 하면서 신뢰를
쌓고 본인의 역량을 발휘하며 성장하는 것이 중요합니다.

저 역시 오랜 기간 LA 다저스에서 저를 필요로 할 때 업무를 도와주었고 그
렇게 좋은 관계를 유지한 것이 LA 다저스에 입사하는 데 큰 도움이 됐습니
다. LA 다저스 사람들이 오랫동안 저를 보면서 신뢰한 것이죠. 처음 다저스
에 입사했을 때는 예전 직장 연봉의 반밖에 받지 못했습니다. 하지만 야구를
정말 좋아했고, 제가 좋아하는 일을 하고 싶었기 때문에 조직 내에서 능력을
발휘하며 다시 몸값을 올릴 수 있다는 자신이 있었습니다.

미국에서 성공하려면
미국 문화를 이해해야 한다

미국에서 자리 잡으려다 실패하신 분들의 이야기를 몇 가지 알고 있습니다. 그 가운데 몇 분은 자신이 동양인이어서 차별받는다고 여겼습니다. 한 가지 안 좋은 일을 겪으면 차별받아서 그렇다고 부풀려 생각하는 거죠. 그래서 자기 능력을 마음껏 발휘할 수가 없다고요. 하지만 문제는 차별뿐만이 아닌 것 같았습니다.

한국 사람이 미국에 와서 성공하려면 당연히 미국 문화를 잘 알아야 합니다. 본인의 장점은 잊지 않되 미국을 이해하고 미국 방식을 따라야 한다는 거죠. 야구로 치면 추신수 선수가 그렇습니다. 고등학교 졸업 후 마이너리그에서 고생하면서 미국 문화를 익히고 언어도 배우고 많은 것을 부딪치면서 적응해나간 선수죠.

물론 류현진 선수는 한국 프로야구에서 활동하다가 진출했기에 추신수 선수와는 다른 경우입니다. 그래서 예를 들어 현진이가 뉴욕에 가서 저에게 이것이 어떤 건물이냐고 물어보면 저는 제가 아는 한 많은 이야기를 해줍니다. 건물 이름뿐 아니라 왜 그 건물이 거기 있고 어떤 의미를 가지고 있는지 등

등요. 그러면서 현진이가 최대한 빨리, 많이 미국 문화를 느끼고 접할 수 있도록 신경쓰고 있습니다. 마운드에서 공을 잘 던지는 것뿐 아니라 미국 문화를 잘 이해하고 느끼는 것도 미국에서 진정으로 성공할 수 있는 길이라고 생각하기 때문입니다.

앞으로 현진이는 메이저리그에서 10년 이상 활약할 선수이기 때문에, 시즌 때 잠깐 공만 던지고 가는 것이 아니라 미국 문화를 잘 이해하는 선수가 되기를 바랍니다. 그래서 올 시즌 통역을 하면서 배고픈 사람에게 생선을 주는 것이 아니라 낚시하는 법을 가르쳐주는 심정으로, 현진이가 부탁을 할 때 제가 하면 훨씬 쉽고 편하지만 일부러 현진이가 직접 하게 했습니다. 그렇게 스스로 경험하고 느끼면서 자연스럽게 이해할 수 있도록 했죠.

나는 한국인이다

제 국적은 미국입니다. 부모님은 한국 사람이고요. 어릴 때부터 느꼈습니다. 부모님의 영향도 있었지만, 미국에 살면서 교포 2세들은 아무리 노력해도 미국 사람이 안 되는구나, 아무리 노력해도 한국 사람인 것을 벗어날 수 없구나, 라고요. 한쪽을 택하는 것도 쉽지 않기 때문에 두 나라, 두 문화를 모두 사랑하는 자세가 필요하지 않을까 생각했습니다.

어린 시절, 올림픽에서 애국가를 들었을 때 눈물이 핑 돌고 감동을 받았습니다. 그때 제가 한국인이라는 것을 절실히 느꼈습니다. 대학교 때 스페인에서 잠시 공부할 기회가 있었는데, 지금도 그렇지만 당시 스페인은 한국 문화를 전혀 느낄 수 없는 곳이었습니다. 3, 4개월 있으면서 한국음식을 전혀 못먹으니 잠시 미국에 와서 한국음식만 먹고 가고 싶을 정도였죠. 그런 제 성장 과정이 있었기에, 미국에서 홀로 활동하는 현진이를 보면서 더 잘해주고 싶고 애틋한 마음이 들었던 것이 아닐까 싶습니다.

류현진 자선 경기 전
인천 문학 야구장에서

087

마틴 김을 이루는 것은 한국이라는 나라

한국은 정말 대단한 나라라고 생각합니다. 한국 사람들도 정말 대단하죠. 정신력이 강하고 자부심 높은 사람들이 많기에 한국이 단기간에 엄청난 발전을 이룰 수 있었다고 봅니다. 현진이도 그렇지만 이기고 싶은 마음, 지지 않으려고 노력하는 모습 등이 외국인들이 보는 한국인들의 특징 중 하나죠.

제 부모님도 한국 사람이기 때문이지만, 한국이라는 나라와 그 문화가 있기에 지금의 제가 있는 것이라고 생각합니다. 국적을 떠나서 마틴 김이라는 사람의 성격과 가치관, 관점 등이 이렇게 형성된 이유는 미국에서 성장하면서도 한국인이라는 정체성을 잃지 않았기 때문입니다. 한국에 대한 여러 가지 생각과 고민들이 항상 있었기에 지금 하고 있는 일들, 그리고 현진이를 만나 함께 즐겁게 생활하는 것이 가능했다고 봅니다.

일기, 기록의 소중함

제가 근무하는 LA 다저스 마케팅팀의 상사 중에 '마이클 영'이라는 사람이 있습니다. 옛날에 미식축구도 하고 야구선수이기도 했죠. 저를 가장 많이 도와주는 분이기도 합니다. 그가 올 시즌 전에 제게 그러더군요.

"올 한 해가 마틴 너에게 어쩌면 가장 기억에 남는 시간이 될지 모른다. 힘든 일도 많고 재미있는 일도 많겠지만, 네가 어디에 있든 항상 감사하며 순간순간을 즐겨라. 내가 10년 동안 프로스포츠 생활을 해왔는데 남은 것은 기억뿐이고 제대로 된 사진들이 없다. 류현진도 입단하고 의미 있는 일들이 많을 테니 사진도 많이 찍고 기록도 남겨라."

그 말을 듣고 이동 중에, 특히 원정 가는 비행기 안에서 시간이 날 때마다 스마트폰에 일기를 썼습니다. 그 기록이 지금 이 책의 바탕이 되기도 했죠. 사람의 기억이란 한계가 있으니 인상적인 일이나 재밌는 일, 기억하고 싶은 것들은 그때부터 사진도 찍고 기록하기 시작했습니다.

이를테면 이런 기록들입니다.

⊕ 스프링캠프 때 현진이가 처음 배운 단어

스프링캠프 때 LA 다저스 사장인 스탠 카스텐이 현진이에게 그러더군요. "나는 네가 영어를 못해도 괜찮다. 다만 나를 볼 때마다 한마디만 해달라. '하이, 스탠!' 하고 말이다. 알겠니?" 그리고 즉석해서 5번 연습을 시키더군요. 그후 현진이가 사장을 볼 때마다 멀리서도 "하이, 스탠!"을 외칩니다.

⊕ 구단주와의 포옹

5월 28일, LA 에인절스와의 경기에서 류현진 선수가 완봉승을 거둔 후 선수들이 하이파이브를 하는데 LA 다저스의 공동 구단주 마크 월터가 뛰어내려와 현진이를 껴안았습니다. 현진이가 엄청 놀라더군요. 한국에서는 구단주나 사장이 이러지 않았는데 이런 문화적 차이를 신기해하더라고요. 처음에는 많이 어색해했지만 차츰 적응을 했습니다.

강연을 통해 사람들과 나누고 싶다

저는 대학교 때부터 유명 인사들의 강연을 많이 들었습니다. 인생에 도움이 되는 조언들을 많이 들으니 동기부여도 되고 힘이 되더라고요. 그래서 아직 부족한 점이 많지만 제가 느끼고 생각하는 것들을 지역의 학생들, 젊은 사람들과 함께 나누고 이야기하고 싶었습니다.

지난 4년간 100여 차례 넘게 주말마다 강연을 하고 사회를 보고 있습니다. 단체나 재단 같은 곳에서 초대를 받아도 거절하지 않았습니다. 제가 사람들 앞에서 말하는 것에 불편함을 느끼지 않기도 하고, 함께 이야기하고 나눈다는 것이 무엇보다 즐거우니까요. 사람들 앞에 서기 위해서는 그만큼 더 자기관리를 엄격하게 해야 하고 공부하고 준비해야 합니다. 이런 과정들을 통해 제가 보다 더 나은 사람으로 발전해가는 것 또한 즐겁습니다.

강의 중에 자주 하는 말이 있습니다. 컴퓨터, 스마트폰 등이 발달하면서 사람들이 인간관계를 잘 맺지 못하는 것 같다는 거죠. 학생들이나 동생들과 대화를 할 때면 자세나 말하는 것에서 서툴고 본인의 의사표시를 못하는 경우가 많습니다. 인터넷 공간, SNS에서는 굉장히 활발한 사람 같은데, 실제로 만나보면 상당히 다른 경우를 많이 봤습니다.

사람과 눈을 맞추고 이야기하는 소통의 기쁨을 요즘 친구들이 많이 누리지 못하는 것 같아 안타깝습니다. 본인이 갖고 있는 모습 그대로를 존중하고 가꿔나가는 것이 중요하다고 생각합니다.

제 이야기를 귀 기울여 듣는 젊은 친구들에게 제가 작은 힘이 된다는 사실이 무척 기쁘고 뿌듯합니다. 앞으로 계속 공부해서 보다 멋진 사람이 되어 사람들에게 긍정적인 영향을 끼칠 수 있는 사람이 되는 것이 제 목표입니다.

090

열 개의 문 뒤에는 무엇이 있을까

저는 어릴 때부터 꿈을 간직하고 살아서 별명이 꿈돌이였습니다. 아직까지 그 꿈들을 간직하고 있고 이루고 싶습니다. 10년 전쯤 누군가 제게 메이저리 그를 통해 네 꿈이 펼쳐질 거야, 이랬다면 저는 웃었을 겁니다. 야구를 좋아 하고 스포츠 분야에서 일하고 싶었지만, 야구를 통해서, 또 류현진이라는 사 람을 통해서 내가 목적지로 삼는 곳에 다다를 수 있다고 했으면 믿지 않았을 겁니다.

결국 인생이라는 것이 어느 방향으로 가게 될지는 아무도 모릅니다. 내 앞에 문이 열 개 있다면 문 뒤에 무엇이 있을지는 열어보지 않고는 모른다는 거 죠. 우선 하고 싶은 일을 정해야 하고, 그 길을 가면서 바로 앞에 성과가 안 보인다고, 문 뒤에 무엇이 있는지 모른다고 좌절하지 말고, 마음을 열고 긍정 적인 생각을 가졌으면 좋겠습니다. 내일 일은 모르는 거니까요. 주어진 상황 에 최선을 다하면서 본인의 능력을 의심하지 말아야 합니다. 아직 저도 인생 을 오래 살지는 않았지만, 학창 시절부터 지금까지 살아오면서 깨달은 것들 입니다. 이 책을 읽는 독자 여러분도 자신을 믿고 항상 파이팅하시면 좋겠습 니다.

091

힘들 때 어떻게 극복할 것인가

제 인생에서 가장 힘들었던 시기가 3번 정도 있었습니다.

저는 크리스천이기에 힘들 때마다 신앙적으로 도움을 많이 받았습니다. 살다 보면 도저히 혼자서 이겨내지 못하는 일들이 종종 생깁니다. 주변 사람들이나 외부의 도움이 필요하죠. 저의 경우는 종교에 많이 의지했습니다. 부모님의 독실한 신앙에 많은 영향을 받기도 했습니다.

하나님이 제게 주신 가장 큰 선물은 '사람들'입니다. 제 인생의 곡선을 그려봤을 때, 올라갈 때는 주변 사람들의 도움을 받았을 때였고 내려갈 때는 제가 혼자서 하려고 할 때였습니다. 그래서 저는 항상 사람들에게 감사합니다. 올 시즌의 경우 현진이와 제가 만났고 잘 맞았고 저도 제 일에 최선을 다했고, 현진이도 야구를 잘했고 저를 잘 챙겨주고 형도 같이 잘되자고 힘을 줬습니다. 고마운 사람이죠. 또한 우리 둘 뒤에서 함께해준 에이전트, 현진이의 형과 현진이 부모님 등 한 명이라도 빠졌다면, 서로 힘이 되고 유기적으로 뭉치지 않았다면 이렇게 좋은 결과가 나왔을지는 확신할 수 없습니다.

제가 힘들 때는 주변에서 친구들, 가족들이 도와주고 힘을 줬습니다. 회사일을 할 때도 자기가 이 일을 가장 잘한다고 생각하는 순간이 가장 위험한 시기일 수 있다고 생각합니다. 이 회사에서는 도저히 배울 게 없고 배울 사람이 없다고 느끼면 성공하기 어렵다고 봅니다. 항상 존경하는 사람이 있어야 하고 그 사람에게 무엇이라도 배우려는 자세가 중요하겠죠.

롤모델을 세워라

저는 어린 친구들에게 자기가 가고 싶은 분야의 '롤모델'을 확실히 세우라고 조언하고 싶습니다. '저 사람처럼 되고 싶다'라는 목표가 없다면 무너지기 쉽습니다. 물론 성공하기도 어렵고요.

제 멘토나 롤모델은 위인이나 모두가 아는 그런 사람들이 아닙니다. 제 삶속에 있는 선배들, 친구들 그리고 가족입니다. 특히 아버지에게서 힘을 많이 얻습니다. 어릴 때부터 부모님이 저희를 위해 희생하신 걸 많이 봐왔거든요. 나이가 들면서 그 일들이 얼마나 값지고 대단한 것이었는지 하나씩 깨닫게 되었고, 그 어떤 위인보다 제게 긍정적인 영향을 끼치고 힘이 돼준 부모님이 멘토로 떠오릅니다.

올해 제 롤모델은 클레이튼 커쇼 선수입니다. 커쇼는 저보다 열 살이나 어리지만, 그 친구가 사는 모습을 보면 야구 실력도 정말 뛰어나고 일상 생활도 정말 모범적입니다. 만약 제게 딸이 있다면 커쇼 같은 사람과 결혼시키고 싶을 정도예요.

스프링캠프 등 단체 연습을 할 때 누구보다 열심히 하고 가장 앞장서는 선수

가 바로 커쇼입니다. 야구를 그렇게 잘하면서도 겸손하고 노력을 절대 게을리하지 않습니다. 물론 커쇼도 잘 못 던진 날은 감정을 드러냅니다. 자신에게 화를 내는 거죠. 클럽하우스 안에서 소리지르며 화를 내다가도 트레이너가 어깨에 아이싱을 하러 오면 바로 친절하게 말을 합니다. 자기 자신과의 싸움이지 다른 사람에게까지 화를 내선 안 된다고 자신을 다스리는 거죠.

굉장히 친절하고 착실하고 아내에게도 더없이 잘해주는 커쇼의 모습을 보면서 '참 멋진 사람이다'라는 생각이 안 들 수가 없습니다. 그런 커쇼가 제 인생의 롤모델입니다.

나에게 다저스, 다저블루란

LA 다저스팬들끼리 말하는 표현이 있습니다.

"I bleed dodger blue."(내 몸속에는 다저스의 파란 피가 흐른다.)

토미 라소다 다저스 고문이 직원들에게 가끔 묻는 말이 있습니다.

"Hey, Do you bleed dodger blue?"(이봐, 파란 피가 흐르고 있어?)

토미 라소다가 2년 전에 저에게도 그 질문을 했습니다. 당연히 그렇다고 말은 했지만, 속으로는 "아뇨, 저는 필라델피아 필리스의 빨간 피가 흐릅니다"라고 했죠. 그런데 지금 와서 참 신기한 게, 류현진 선수가 들어오고 제가 하는 일에 열정이 생기면서 다저스의 로고를 보거나 유니폼을 볼 때마다 자부심이 부쩍 생긴다는 점입니다.

LA 다저스는 마틴 김이라는 사람의 미래를 책임지는 플랫폼이기 때문에 항상 감사한 마음으로 자랑스럽게 생각하고, 저 역시 팀에 대해 책임감을 느낍니다. 마케터로서 제가 다저스를 지키는 역할을 다소나마 하고 있다고 생각합니다. 앞으로도 저와 계속 함께할 운명 같은 팀이자 고마운 존재가 바로 다저스입니다.

하고 싶은 것을 드러내라

제 친한 친구의 아버님이 대학교수이신데, 제가 대학 졸업을 앞두고 취업을 해야 하는 상황에서 스트레스를 받고 있을 때 해주신 말씀이 있습니다. "사람이 자기가 일하는 직업을 사랑하면 그건 직업이 아니다. 인생이라는 여정에서 본인이 진짜로 좋아하는 일을 해야 살맛이 난다."

그 말씀을 마음속에 품고 살았는데, 물론 대학교를 졸업하고 바로 제가 원하는 일을 할 순 없었습니다. 그러나 여러 단계를 거쳐 지금은 제가 좋아하는 선수와 좋아하는 일을 하고 있기 때문에, 앞으로의 제 모습이 더욱 기대되기도 하고 하루하루가 행복합니다.

저의 이런 경험을 바탕으로 하고 싶은 일을 하면서 포기하지 않는 것이 중요하다고 기회가 닿을 때마다 사람들에게 말합니다. 그리고 무엇보다 인간관계가 중요하다고도 이야기해줍니다. 어느 책에서 보니 1980년대에는 커리어에서 '무엇을 아느냐가 중요한 것이 아니라 누구를 아느냐가 중요하다'고 했더군요. 그런데 요즘은 바뀌었다고 합니다. 인터넷과 SNS 등이 발달을 하면서 '당신이 누구를 아느냐가 중요한 것이 아니라 누가 당신을 아느냐가 중요하다'고요. 저도 이 생각에 동의합니다.

제가 다저스에서 일을 하게 된 것도 제가 먼저 나선 것이 아니라 제가 야구를 좋아하고 마케팅을 하는 것을 아는 사람이 다저스에서 사람을 구할 때 저를 추천해줘서 이뤄진 것이니까요. 그가 저를 몰랐다면 저 아닌 다른 사람을 추천했겠죠. 그래서 잘난척하지 않고 자신을 노골적으로 드러내지 않으면서도 본인이 원하는 것을 항상 밝히고 다니는 것이 필요하다고 봅니다. 자기가 좋아하는 것들, 원하는 것들을 아낌없이 잘 전달하는 것이 자기 PR 관점에서도 중요합니다.

다저스 구단에서 제 상사가 제게 이런 말을 하더군요.
"우리 구단 사람들이 각자 주식이라면 나는 너를 사겠다. 성장가능성이 풍부하거든. 너는 하고 싶은 일을 찾아갈 수 있는 자리에 있기 때문에, 잘 고민해서 네가 하고 싶은 일을 밝혀야 된다. 우리는 네가 통역을 계속하고 싶어한다고 판단해서 통역을 계속 시킬 수도 있어. 그러니까 진정 하고 싶은 일을 잘 이야기해라."

앞으로의 목표와 꿈

어릴 적부터 품어왔던 제 큰 인생 목표는 한국이라는 나라를 미국에서 빛나게 하는 사람이 되고 싶다는 것이었습니다. 그 다리 역할을 하고 싶고요. 미국이라는 큰 나라에서 한국인으로 성공하고 싶습니다. 교포 2세나 미국에 오는 한국분들에게 길을 열어주고, 한국인이 인정을 받는 데 영향을 미칠 수 있도록 하는 것이 목표입니다.

지금 하는 스포츠 마케팅 관련해서는 한국 기업들을 다저스타디움에 진출시키고 홍보하는 데 집중했다면, 앞으로는 미국에 있는 야구장 전체에 한국 기업브랜드를 널리 알릴 수 있도록 하고 싶습니다.

한류의 영향으로 연예계나 문화계에서 미국에 진출하려는 한국인들이 점점 늘어나고 있습니다. 제가 그 중간에서 도움을 주는 사람이 됐으면 하는 바람 역시 가지고 있습니다.

Shine your light!

Shine your light! 이 말은 제가 마음속에 늘 품고 있는 소중한 신념입니다.

인간으로 태어나 살아가는 목적이 무엇일까? 다른 사람과 나의 차이는 무엇일까? 이런 생각들을 많이 했습니다. 인간으로서 제가 할 일은 제가 갖고 있는 좋은 것들을 다른 사람들과 나눠야 한다는 것이었습니다. '빛'에는 서로에게 좋은 영향을 주자, 서로에게 좋은 사람이 되자, 도움을 주자는 의미가 있습니다. 우리가 짧은 생을 살지만 주어진 시간 동안 최선을 다하고 다른 사람들과 함께 나눠야 한다고 생각합니다.

행복은 어찌보면 자신이 선택할 수 있는 것입니다. 부족한 것을 먼저 떠올리면 불행하겠지만, 자신을 돌아보고 좋은 쪽으로 선택하고 그것에 집중한다면 행복해지지 않을까요. 물론 저는 지금 류현진 선수 덕분에 많은 것을 얻고 좋아하는 일을 통해 인정도 받게 되어 행복합니다.

그러나 제가 안 좋았을 때, 힘들었을 때도 늘 이 말을 되새기면서 다짐했습니다. 제가 가진 빛으로 다른 사람을 비춰줄 수 있는 시간과 기회가 올 거라고 믿었습니다. 사람들은 다른 이들에게 줄 수 있는 빛과 도움이 얼마나 큰지 잘 모르는 것 같습니다. 자신이 타인에게 얼마나 큰 힘이 될 수 있는지 깨닫는 순간, 다른 삶을 살 수 있다고 생각합니다.

───
야구장에서

전승환 보라스 코퍼레이션 아시아 담당 이사 이 말하는 마틴 김

마틴을 처음 보았을 때는 그저 '한국 교포'라는 느낌이 들었습니다. 저도 외국 생활을 오래했기에 바로 알아볼 수 있었죠. 첫날 LA 다저스 구단 관계자들과 저희 보라스 사람들이 만났을 때 마틴이 통역을 맡았는데, 그때 이 친구가 배려할 줄 아는 사람이라는 생각이 들었습니다.

통역을 하면서 단순히 단어만을 전달하는 것이 아니라 감정을 실어서 전달하는 것이 굉장히 탁월했습니다. 저도 통역 일을 해봤지만, 기본적으로 사람을 좋아하지 않고 사람에 대한 애정이 없으면 말을 그렇게 잘 전달하기가 쉽지 않거든요. 더군다나 마틴은 한국에서 태어나지도 않았고 외국에서 계속 살아서 한국어를 계속 쓸 수 있는 환경도 아니었는데 말입니다. 마틴의 통역은 감정 전달이 상당히 좋았고, 상대방이 마음 편하게 대화할 수 있도록 하는 힘이 있었습니다. 그런 모습을 보면서 배려심이 정말 많은 사람이구나, 하고 느꼈습니다.

그 이후 류현진 선수의 통역을 고용하는 문제로 다저스 단장과 저희 쪽이 미팅을 했습니다. 원래는 류현진 선수가 한국에서 데려가고 싶어했던 통역이 있었습니다. 그런데 비자 문제로 여의치 않은 상황이어서 구단에서 다른 통

시즌이 끝나고 류현진 선수, 전승환 이사와 함께 한국에 오다

역을 고용했으면 좋겠다고 해서 마틴이 통역을 맡기 전 다른 통역을 고용했습니다. 그런데 한 달 정도 겪고 나더니, 류현진 선수가 그분이 일을 잘한다 못한다를 떠나서 그냥 일만 하는 느낌이다, 편안하지가 않다고 말하더군요.

류현진 선수는 시즌이 길고 통역과 늘 함께해야 하는데 형 같은 사람과 일하고 싶다고 하더군요. 그래서 마틴을 추천했습니다. 그리고 적극적으로 마틴 김 설득 작전에 나섰죠. 마틴은 본인 업무만으로도 바빴고 통역에 대해 그다지 생각해보지 않았다는데, 몇 차례 설득 끝에 결국 통역 일을 수락했습니다.

마틴이 사람에 대한 애정이 많다는 걸 알고 있었기에 결국 요청을 수락해줄 것이라 믿고 있었습니다. 사실 에이전트 입장에서는 저희 쪽 사람을 고용하고 싶은 마음이 컸죠. 마틴이 구단을 대변하는 구단의 직원이기에 잘못하면 우리 보라스 에이전트 쪽에는 마이너스가 날 수도 있으니까요. 그러나 마틴을 겪어보면서 사람 냄새가 나는 좋은 친구라는 확신이 들어서, 그런 의심은 전혀 하지 않았습니다. 다행히 올해 류현진 선수와 마틴 김 둘 다 최선을 다했고, 과정도 결과도 좋았기 때문에 무척 뿌듯하고 기분 좋습니다.

류현수 류현진의 친형 가 말하는 마틴 김

마틴 김이라는 사람 자체가 정말 순수하고 착합니다. 마틴도 현진이와 함께 하면서 유명해졌고, 현진이 옆에서 마틴이 할 수 있는 것도, 누릴 수 있는 것들도 많아졌지만, 개인적인 이익은 고려하지 않고 현진이한테 집중하고 열심히 하는 모습이 가족으로서 정말 고맙습니다.

처음 현진이와 만났던 그 자세 그대로, 현진이의 통역에서부터 여러 가지 면을 신경써주고 관리해주는 모습이 늘 한결같았습니다. 그래서 현진이도 더 마틴을 좋아하고 신뢰한다고 생각합니다.

앞으로도 우리 현진이를 지금처럼 잘 챙겨주시기를 부탁드리면서, 현진이도 마틴도 계속해서 잘됐으면 하는 간절한 바람을 품어봅니다.

고마워요, 마틴!

류현진이 말하는 마틴 김

형, 우리 사이에 이렇게 형에 대해 이야기를 하려니 조금 쑥스럽네.

올 시즌 형에 대한 고마움을 어떻게 말로 다 표현할 수 있겠어.

형은 내게 최고의 파트너였어.

형이 중간에서 내 귀와 입 역할을 해줘서 팀 동료들과도 잘 지낼 수 있었어.

정말 고마워.

외롭거나 힘들 때 따뜻하게 감싸주는 형의 조언들로 인해

미국 생활에서 지칠 때마다 견딜 수 있었어. 역시 고마워.

올 시즌 좋은 성적을 거둔 것은 형 덕분이야.

정말 고맙고, 이제부터 다시 시작이라고 생각해.

내년에 더 좋은 모습을 보일 수 있게 앞으로도 늘 내 곁에 있어줘.

우리가 처음에 한 약속대로 형을 믿어, 우리 변치 말자!

빛을 그리는 그림자

ⓒ 마틴 김

초판 인쇄 2013년 12월 2일
초판 발행 2013년 12월 17일

지은이 마틴 김
펴낸이 강병선
편집인 황상욱

기획 황상욱　**편집·인터뷰** 황상욱　**번역** 정재우
사진 마틴 김 홍순국 Jon SooHoo 황상욱
디자인 최정윤　**마케팅** 이숙재 윤해승
온라인 마케팅 김희숙 김상만 이원주 한수진
제작 강신은 김동욱 임현식　**제작처** 미광원색사(인쇄) 경일제책사(제본)

펴낸곳 (주)문학동네
출판등록 1993년 10월 22일 제406-2003-000045호
임프린트 휴먼큐브

주소 413-120 경기도 파주시 회동길 210 1층
문의전화 031-955-1902(편집) 031-955-3578(마케팅) 031-955-8855(팩스)
전자우편 forviya@munhak.com　**트위터** @humancube44　**페이스북** fb.com/humancube44

ISBN 978-89-546-2348-3 03810

www.munhak.com